洗冤伏枭录

湄公河"10·5"血案全纪实

邹 伟◎著

人民出版社

序

孟建柱

　　近日，新华社记者邹伟同志送来他所采写的《洗冤伏枭录——湄公河"10·5"血案全纪实》。2011年"10·5"案件发生后，他曾深入侦破一线采访，远赴"金三角"随警作战，现场旁听法庭审判，记录了大量真实、鲜活的素材，采写了上百篇新闻稿件，以真挚的感情、深切的感受，生动再现了"10·5"案件惊心动魄、难以忘却的侦办过程。掩卷沉思，我感慨良多，那段一往无前、攻坚克难的岁月又一幕一幕地浮现在眼前。

　　"10·5"案件是新中国成立以来我国公民在境外遭受不法侵害最为严重的案件之一，全国上下关心、世界关注。"10·5"案件发生后，党中央、国务院高度重视，要求尽快查明案情、缉拿凶手，给遇害者家属一个负责任的交代，切实保护我国公民生命财产安全；公安部和云南省公安机关成立专案组，全力以赴侦办"10·5"案件；中央有关部门密切配合，云南省委、省政府大力支持，形成了统筹全局、协同作战的工作格局，最终让案情大白于天下，让犯罪分子认罪伏法，捍卫了国家和民族尊严，彰显了中国司法主权的威严。"10·5"案件的成功侦办，是党的政治优势和社会主义制度优势的体现。

"10·5"案件发生在距我国境200余公里外的"金三角"地区，地理位置特殊，社会环境复杂，给侦办工作带来前所未有的挑战。面对毒蛇、毒蚊、陷阱等严峻考验，面对穷凶极恶的贩毒分子的暴力袭击，专案组不畏惧、不退缩，把个人生死置之度外，日夜奔波在茫茫的丛林里、崎岖的山路上，用勇气、智慧战胜了一道又一道艰难险阻，用汗水、鲜血谱写了一曲又一曲壮丽凯歌，有的公安民警甚至献出了宝贵的生命，确保了侦查、起诉、审判等任务的圆满完成，最终将作恶多端的犯罪分子一一缉拿归案，接受了中国法律的公开、公正审判，赢得了国内外的普遍好评，实现了法律效果和社会效果的统一。"10·5"案件的成功侦办，是忠诚、为民、公正、英勇、智慧的政法队伍的生动写照。

"10·5"案发地、作案人员"两头在外"，必须紧紧依靠国际司法合作。我国政府和司法机关积极倡导建立中老缅泰湄公河流域执法安全合作机制，形成多层次、多角度的司法协作模式，在情报交流、联合清剿、协作抓捕、证据交换、审讯配合、嫌犯移交等方面深入开展务实合作，为成功侦办"10·5"案件奠定了基础。无论是我国派出专案组成功抓获、公开审判域外犯罪嫌疑人，还是老挝、泰国派出执法人员来华出庭作证，都开创了我国司法史上的先河。"10·5"案件的成功侦办，是国际司法合作的典范。

"10·5"案件侦办过程中，时刻演绎着真善美与假丑恶的较量，时刻发生着可歌可泣的英雄壮举和感人肺腑的先进事迹，为新闻工作者提供了丰富的创作素材和不竭的创作源泉。通过新闻工作者的纪实，通过对庭审全过程的电视现场直播，通过公开透明、主动及时的宣传报道，真实反映了政法战线火热的生活，集中体现了政法干警忠于党、忠于国家、忠于人民、忠于法律的优秀品质，充分展示了政法机关严格公正文明规范执法、维护社会公平正义的良好形象。这无论是对凝聚警心、激励士气，还是对振奋民心、弘扬正气，都是很有意义的事情。"10·5"案件的成功侦办，是政法战线和宣传战线协同作战的结晶。

当前，我们正在进行具有许多新的历史特点的伟大斗争，面临的机遇和挑战前所未有，必须弘扬主旋律、传播正能量，激发全社会团结奋进的强大力量。各级政法机关要从事关党和国家事业兴衰、人心向背的高度，加强对政法工作规律和现代新闻传播规律的研究，坚持一手抓法定职责的履行、一手抓新媒体时代社会沟通能力的提升，牢固树立平等、开放、自信的理念，积极为媒体全方位宣传报道政法工作创造良好条件，全面提升政法宣传工作水平。我也希望宣传战线的朋友们进一步投身到对政法工作的宣传报道中来，创造更多政治性、思想性、艺术性强的优秀作品，更好地发挥在宣传、监督、推动政法工作中的重要作用，为全面推进法治中国、平安中国建设营造良好的舆论环境，激励广大政法干警为实现中华民族伟大复兴的中国梦而不懈奋斗！

中共中央政治局委员
中央政法委书记　孟建柱

2013 年 10 月 24 日

目录 Contents

PART 1

PART 2

PART 3

洗冤伏枭录
XIYUANFUXIAOLU

PART 4

目录
MULU

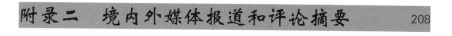

洗冤伏枭录
XIYUANFUXIAOLU

前言一

刘跃进

震惊中外的"10·5"湄公河案件，是近年来中国公民在海外遭遇的最严重的侵害之一。因为涉案人员都是外国人，而且长期在"金三角"地区特殊的地理和复杂社会环境下作案、藏匿，给破案工作带来前所未有的困难和挑战。全部侦查工作都在境外进行，全部抓捕工作都在境外实施，所有的证据材料收集工作都在境外开展，这在中国公安史上是前所未有的。可以说，这是我国公安史上侦办条件限制最多、案件线索来源渠道最复杂、采取手段最特殊的刑事专案。对此，一些国内外人士一度认为，这是一个不可能完成的任务。

案件发生后，党中央、国务院高度重视，作出明确指示。现任中共中央政治局委员、中央政法委书记，时任国务委员、公安部部长孟建柱密切关注案件进展，亲赴边境实地查看，研究指导工作，先后30余次作出重要批示，积极推动建立了四国湄公河流域安全执法合作机制，并率团出访老缅泰等国，协商交涉案侦合作事宜。现任国务委员、公安部部长郭声琨也多次强调，要以切实有效的手段来保障中国公民在海外的合法权益。

案件的侦办是一场情报战、科技战、信息战，参战部门和警种之多，可谓历史罕见。在10个月的艰苦侦查中，专案组全体同志始终坚持国家和人民利益至上，坚定侦破信心，调动一切力量和资源，穷尽一切方法和手段，浴血奋战、斗智斗勇，形成调查访问、情报搜集、国际合作、境外抓捕等多条主线，开辟了云南、老挝、缅甸和泰国多个战场。期间，我们的工作曾经陷入瓶颈，有过非常困难的时候，像在大海中迷失了方向。但是想到有强大的祖国作为后盾，有中央的重托、人民的期盼和全国公安机关的支持，我们就无所畏惧、一往无前。

此案的成功告破，彻底摧毁了糯康犯罪集团，不仅有力震慑了湄公河流域其他犯罪团伙和犯罪分子，还维护了湄公河流域的航运安全，保护了沿岸各国经贸和人员的正常往来。这是中国禁毒史上的一座丰碑，也是中国政府探索保护海外公民合法权益、积极开展国际执法安全合作的有益尝试和成功范例。正因如此，这起案件具有重要的意义，也将带来深远的影响。对它进行翔实的记录、系统的总结，我认为非常必要，也非常及时。

本书是一部记录这起案件的纪实文学作品。作者邹伟同志是国内外唯一一位见证并报道了这起案件侦破、审判全过程的新闻记者，这是难能可贵的。他立足于一线采访、客观记录、细致核实和深入思考，通过生动的笔触、丰富的细节，还原了惨烈的案发现场，再现了惊心动魄的侦查、抓捕过程，披露了案件背后许多不为人知的故事，展现了我国政府保护海外中国公民安全的决心和能力。在此，我对邹伟同志的辛勤劳动表示感谢，并祝愿每一位朋友平安、幸福。

国家禁毒委员会办公室常务副主任
公 安 部 禁 毒 局 局 长
湄公河"10·5"案专案组组长

前 言 二

张宿堂

　　读完这本书稿，我感到十分欣慰和骄傲：一方面，为13名被害中国船员沉冤昭雪而欣慰，为残害我同胞的真凶伏法而欣慰，为压抑太多愤懑和悲痛的国人终能扬眉吐气而欣慰，另一方面，也为日益强大、护佑子民的祖国而骄傲，为历尽艰辛、破案擒枭的公安民警而骄傲，为我们新华社记者能够独家全程报道这一震惊中外的大案而骄傲。

　　本书的作者邹伟同志，是新华社日常负责公安新闻报道的记者，也是得到公安部认可的、国内外唯一一位对案件全过程进行报道的记者。感谢公安部对新华社多年来的信任和支持，为我们提供了采访此案的诸多便利条件，甚至在一些关键场合和关键时刻，新华社是唯一进入现场报道的媒体，得以第一时间向全世界播报案件的最新进展，展现案件的来龙去脉。

　　一案牵动国人心，一案涌动民族情。在中华民族的记忆深处，还回响着汉武时代"犯我强汉者，虽远必诛之"的大国豪言，还流传着郑和舰队抓回海盗头目并判决正法的海外传奇……如今，湄公河"10·5"血案告破，适逢新一届中央领导集体提出"中国梦"的大背景，也就更加清晰地唤起民族和国家的历史期盼。

民族的情感并不能凌驾于法律的权威之上。审视全案，糯康等人接受中国法律的严正审判，是因为他们侵害了13名中国船员不可侵害的权利——生命，触犯了中国不可触犯的法律——刑法。追溯侦查、抓捕、移交、审判、执行的全过程，每一个环节都闪现着现代司法文明的光芒，让邻国无可指摘，让世界肃然起敬——中国正以自己的决心和力量，为遭遇不幸的公民追讨正义，为自己的人民挽回尊严，人道、坦荡而自信。

让每一个中国人都活得有尊严，这正是"中国梦"的基本内涵之一，也是一个正在和平崛起的中国必然之使命。对于个人而言，尊严需要有社会地位，需要得到社会的广泛认同；对于国家而言，尊严需要有强大的实力支撑，需要得到国际社会的广泛认同。这起案件的成功侦破、审判，是中国国力不断增强的又一次生动体现，是中国致力于保护海外公民安全的又一次有益探索，也将使得中国人可以更加自信、更加安全地"走出去"。

新华社国内部主任
中央新闻采访中心主任

楔　子

2011 年 10 月 5 日 11 时，湄公河"金三角"。

这里是泰国、老挝、缅甸三国的交界处，蓝天白云下，标志性的金色大佛低眉顺目，仿佛端详着码头和岸边船上忙碌的人群，一切显得安宁而有序。

突然，一阵尖利刺耳的汽笛声打破了这里的静谧，引得人们纷纷转头观看。

一路鸣笛顺流而来的是两艘挂着中国国旗的商船，一艘是"玉兴 8 号"，一艘是"华平号"，前后还各有两艘快艇随行。说是随行，更像是押送，或者说是劫持。中国商船的船头和快艇上都站着背枪的黑衣人，气氛显得有些诡异。

更让人奇怪的是，两艘中国商船不走水深的靠泰国一侧，却走水浅的靠老挝一侧，难道不怕在河道中搁浅吗？

此刻，谁也没有注意到，在岸边有几双眼睛，密切地监视着这支船队的一举一动。看到船队接近大佛，这几个身影迅速上车，沿着公路向下游方向开去。

船队很快驶过大佛，又行驶了不远，吊车码头岸边的一棵鸡素果树已经在望。驶近鸡素果树，两艘中国商船掉头停靠。忽然，船上枪声大作，夹杂着令人心悸的惨呼。

时钟指向了 11 时 40 分许。在下游六公里处的清盛码头，停靠在这里的另一艘中国商船"宝寿 9 号"上，船员孙小村等人在高频通话器里听到一阵惊慌而恐怖的呼救："我现在在吊车码头！马上叫救护车！马上报警！有人受伤了！"

有人听出这是"玉兴 8 号"船长杨德毅的声音，急忙连声回应和询问，但高频通话器里再无声息。

此刻，鸡素果树下出现了短暂的宁静，一群黑衣人从两艘中国商船跳上几条快艇迅速离开，转瞬间已不见踪影。

枪声再次响起，但来自另一个方向——岸边离船不远的草丛里，跳出一队泰国军人，开始用机枪、步枪向两艘船扫射。枪声过后，泰国军人登上了这两艘商船，枪声再次响起，不多时又匆匆下船离去。

究竟发生了什么？泰国军方随后发布消息：泰国军人查获两条武装贩毒的中国船只，船上有枪支、毒品，在扣押船

被打捞出来的遇害中国船员尸体

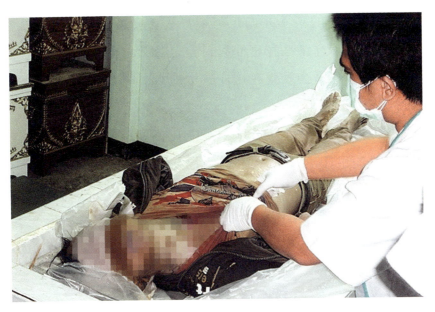

法医人员正在勘验遇害中国船员尸体

只时发现船上有武装人员并发生交火，中国船员被击毙后掉落水中。

接到报警的泰国警方很快也赶到并封锁了现场。在"玉兴8号"驾驶室操作台附近，勘验人员发现了船长杨德毅的尸体，尸体旁有一支AK47步枪，扳机处于保险挡位，枪上没有杨德毅的任何指纹。尸体附近发现大量血迹，并有挪动的痕迹。而其他船员则不见踪迹。

在两艘中国商船上，还发现了上百万粒冰毒药片，价值2000余万元人民币。

第二天起，中国船员的遗体被陆续打捞出水面，死状惨不忍睹：有的被蒙眼堵嘴，有的被捆手绑脚，身中数弹甚至十几弹。

质疑和愤怒铺天盖地而来：如果真是查缉毒品抓人，为什么要下这样的狠手并抛尸河中？是交火后被杀还是虐杀？是不是为了保守某些秘密而灭口？是什么秘密让外人不能知晓？事件为什么会发生在这样一个地点……泰国军方的说法似乎很难自圆其说。

这，就是震惊世界的湄公河"10·5"案件。

2011 年 10 月 5 日，让我们记住这个日子。在这一天，13 名中国同胞背负武装贩毒的罪名惨死异国。

案发后停靠在泰国清盛码头的"华平号"和"玉兴 8 号"

在这一天，国内的人们还在国庆假期之中，我也不例外。不曾预料，随后的一年多时间内，我将亲身经历这起惊天血案的侦破、抓捕移交以及审判的全过程，亲身感受中国保护海外公民安全的坚定决心和强大力量。

破案过程用惊心动魄、跌宕起伏、百转千回来形容毫不为过，动用了千军万马，踏遍了千山万水，想尽了千方百计，历尽了千辛万苦，费尽了千言万语，经历了千回百转，排除了千难万险……有太多的人将自己的名字铭刻在这段历史之中，成为国家和民族的记忆。我将以亲历者的身份，充满敬意地把这一段历史完整地讲述出来，以飨国人。

云南？秘密的任务？一桩大案？

我心里咯噔了一下，莫不是——

新中国成立以来，党中央、国务院极少对一起刑事案件表示"高度重视"，公安部的最高领导亲赴云南查案，意味着此案非常敏感重大，背景可能极为复杂。许多的谜团，还有待一一揭开。

一、初探湄公河

1. 案情惊动中南海
2. 关键的西双版纳会议
3. 糯康浮出水面

初探湄公河

1. 案情惊动中南海

2011 年 10 月 21 日，"火炉"武汉的暑意尚未完全褪去。

位于武汉市郊的湖北公安特警训练基地迎来从未有过的热闹。全国公安特警大比武正在这里举行，来自全国各地的特警精英各展绝技，从数十米外射断丝线，到高空急速降落，从特技驾车拦截逃犯，到团队作战处置大规模骚乱……让我这个跑公安新闻的记者大饱眼福。

当然，我此行不是仅仅为了饱眼福的。作为现任中共中央政治局委员、中央政法委书记，时任国务委员、公安部部长孟建柱的随行记者，我必须做好首长检阅大比武等一系列活动的报道。

路上，孟部长身边的一位工作人员把我拉到一边："这次出差有一个比较特殊的任务，与最近的一桩大案有关，你做好准备，特警大比武一结束，马上启程飞往云南。"

云南？秘密的任务？一桩大案？

我心里咯噔一下，莫不是——

这几天来，全国关注的焦点，就是发生在湄公河泰国清迈水域的一桩血案："华平号"和"玉兴8号"两艘中国商船遭到不明身份武装人员袭击，13名中国船员遇害。加上案件发生地是在"金三角"腹地，更被罩上了一层扑朔迷离的神秘色彩。

"金三角"是个什么地方？

资料显示，该地区位于泰国、老挝、缅甸三国交界处，面积近20万平方公里，海拔多在1000米以上，交通闭塞，重峦叠嶂，雨量丰沛，林木茂盛。由于历史及环境等因素，"金三角"一直未被各国政府完全掌控，成为多家非法武装力量割据的"三不管"地带。当地居民种植鸦片的历史长达百年，并通过当地毒枭集团制成海洛因等毒品，每年经"金三角"贩运的海洛因占世界总量的60%至70%。因此，"金三角"

金三角大佛（孙熙稳 摄）

与阿富汗、伊朗、巴基斯坦边境的"金新月"地区，拉丁美洲毒品产量集中的哥伦比亚、秘鲁、玻利维亚以及巴西所在的安第斯山和亚马逊地区的"银三角"地区并称世界三大毒品源。

一上网，输入"湄公河血案"，各类网页、帖子铺天盖地，贩毒、军火走私、毒枭火并、赌场生意冲突……与种种善意的、不善意的猜测交织在一起的，还有广大网民的质疑、愤怒和无奈——我们的同胞，就这样被人杀了？

在国内，最先表态的外交部9日说，党中央、国务院领导高度重视此事。驻清迈总领事已在第一时间率员赴事发现场开展工作。目前，驻泰国使馆、驻清迈总领馆与泰国有关部门保持密切联系，正在进一步核查事件详情。外交部等有关部门将继续密切关注事件进展，敦促有关国家抓紧调查，力求早日查明事件真相，缉拿罪犯，维护澜沧江—湄公河航运的安全。

其实，在公开报道之外，一系列动作已经在着手进行：

同胞惨死，举国悲愤。案情牵动着党和国家领导人的心。中央领导作出明确指示，要求尽快查明案情、缉拿凶手，给遇难者家属一个负责任的交代，切实保护我国人民生命财产安全。

受国务院委托，孟建柱亲自挂帅，率工作组赴云南西双版纳调查案情、召开会议，专题研究处理"10·5"案件有关事宜。

10月5日13时30分许，西双版纳州公安局澜沧江水上分局、西双版纳州海事局关累海事处分别接到电话报警，称中国船舶"华平号"和"玉兴 8 号"在金三角水域遭枪击，船上人员有伤亡，请求调查处理。

10 月 6 日，案发第二日，西双版纳州公安局派出工作组进入"金三角"地区，寻找目击者，走访了 30 多艘船、200 余人。

10 月 9 日，云南省西双版纳州公安局立案侦查。

10 月 10 日，云南省相关部门派工作组赴泰国协助处理善后工作，并通过中老缅泰湄公河四国联委会机制，寻找失踪中国船员的下落。

10 月 13 日，中国外交部副部长宋涛在北京召见泰国、老挝、缅甸驻华大使和官员。

10 月 15 日，由外交部、公安部、交通运输部组成的中国政府联合工作组飞抵泰国清莱。中国公安刑侦专家连夜对遇害者进行尸检。

10 月 16 日，首批滞留泰国的十一艘中国船只和七八十名船员，在我国公安武装巡逻艇的护卫下，安全抵达西双版纳。几天后，第二批船只和船员也在护航下平安回国。

案发后，中国政府已暂停中国籍客货船只在湄公河的航运。

掌握了这些信息，我的脑子里有了一个初步印象：新中国成立以来，党中央、国务院极少对一起刑事案件表示"高度重视"，公安部的最高领导亲赴云南查案，意味着此案非常敏感重大，背景可能极为复杂。许多的谜团，还有待一一揭开。

2. 关键的西双版纳会议

21 日下午，我们的飞机抵达云南。

10 月的西双版纳阳光明媚，但我们没有心思欣赏这些在北方难得一见的青山绿水。紧张的调研之后，孟建柱 23 日在西双版纳景洪召开会议，专题研究处理"10·5"我国商船遇袭事件有关事宜，部署澜沧江—湄公河航道安全工作。

坐在旁听席上，我全程参加了这次会议。一年多以后，再次回忆，我越发体会到其重要性——正是这次会议，提出由中国主导、尽快建立中老缅泰湄公河执法安全合作机制。这一合作框架，为日后案件的成功侦破奠定了最为坚实的基础。

会上，外交部、公安部、交通运输部、民政部、商务部等部门和云南省有关负责人先后发言，汇报了"10·5"事件情况和处置工作进展。由此，我对湄公河安全状况的认识更加清晰起来：

澜沧江—湄公河，东南亚最重要的一条国际河流，在中国境内称澜沧江，境外称湄公河，发源于中国青海玉树，流经中国、缅甸、老挝、泰国、柬埔寨、越南 6 个国家，从越南胡志明市附近注入南海，全长 4880 公里，总流域面积 81 万平方公里。

2001 年通航以来，湄公河这条国际航道成为中国与柬埔寨、越南、老挝、缅甸、泰国等国经济合作的重要纽带，也是中国—东盟自由贸易区重要的运输通道之一。

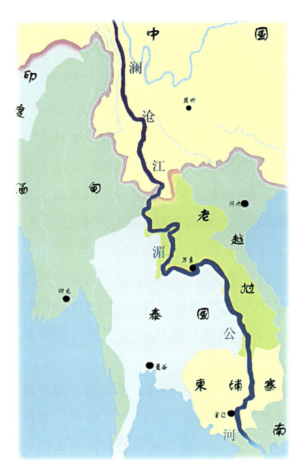

湄公河地图

然而，近年来，湄公河航道沿途的老缅两国地方武装势力频繁抢劫过往商船，国际航运安全问题日渐突出，抢劫、袭击船舶船员事件时有发生，且有愈演愈烈的趋势，性质越来越严重。2004年以来，共发生突发事件26起，其中治安类有20起，2011年以来就发生了12起。"10·5"案件是到目前为止性质最恶劣、影响最大的一起。

我国是澜沧江—湄公河航运的最大一方。常年在河上跑运输的船舶90%来自中国。"10·5"案件发生后，澜沧江—湄公河航运处于暂停状态，产业链涉及相关岗位5000余个，涉及老百姓可能有上万人，湄公河的停航，就意味着这些人失去了生活来源。

这次会议上，我还了解到如下情况：此次事件发生在境

孟建柱在"10·23"会议上作重要指示（郝帆　摄）

外，涵盖老缅泰三国，没有生还船员，现场面目全非；涉案的船舶曾异常停靠缅甸掸邦第四特区河段，有武装人员携带毒品上船，泰方也向我方通报船上发现毒品，不排除我方船舶船员涉毒的可能性；缅甸武装贩毒组织劫船驶向"金三角"水域，却在停靠泰国码头后弃船而逃；泰方向我方通报毒品问题却未提供实物，其军方介入此事，但未说明实情，其警方在配合我方调查案情上也多有推诿。这些线索断断续续，扑朔迷离，给调查工作带来极大的困难。

在认真听取汇报后，孟建柱做了重要讲话，主要谈了三个方面的意见：

一是事件发生后，党中央、国务院高度重视，要求尽快查明案情，缉拿凶手，保护我国人民生命财产安全。各有关地区和部门要坚决贯彻落实中央领导同志重要指示精神，会同有关国家加快案件调查处理工作。当前，要以更坚决的态度、更有力的措施，敦促有关国家全力查清案情，尽快缉拿凶手，给遇难者家属一个认真的交代。

二是在确保安全的前提下，力争及早恢复通航。要尽快推动建立中老缅泰四国维护澜沧江—湄公河国际航运安全执法合作机制，加强情报信息交流，联合巡逻执法，联合整治治安突出问题，联合打击跨国犯罪，共同应对突发事件。

三是"10·5"事件导致13名中国船员遇害，我们深感悲痛，相关地方政府要妥善处理善后，继续做好遇害者家属的接待、安抚、慰问和服务工作。遇害者家庭确实存在实际困难的，要给予生活救助。

会议后，孟建柱一行乘船实地考察澜沧江—湄公河流域航道情况。

我们乘坐的是云南公安边防的执法船，从景洪港口出发后，一路顺流而下。所经过的江面开阔，弯道也比较少，江水浑黄但并不湍急，波浪拍岸的声音回响在两岸之间。行船江上，显得格外沉寂，除了我们的船，已经没有了商船行驶。

船上的工作人员介绍：西双版纳景洪港是我国在澜沧江—湄公河上的第一大国家一类港口口岸，距中老缅三国交界处101公里，距老缅泰三国交界处334公里，距老挝会晒402公里。中老缅泰四国商船2001年正式实现通航后，一江连六国、一港达四国的先天优势，使景洪港一跃成为通往东南亚最便捷的水运港口，并在区域经济发展中扮演着越来越重要的角色。

然而，"10·5"案后，湄公河国际航道全面停航。河

停航的澜沧江—湄公河上一片冷清

上昔日的繁忙景象不再，安静得让人忧虑。

在景洪码头，一名跑了十多年船的老水手说，湄公河上历来河匪不断。仅去年一年，就听说了七八起河上被抢事件，他自己也亲身经历过一次。

看着两岸或疏或密的山林，迎着江风，我们的心情变得沉重。同船的公安部办公厅的石国胜处长感慨："我们的 13 名同胞永远无法溯流而上，回到自己的祖国了。"

时任云南公安边防总队长那顺巴雅尔少将与我熟识。2012 年底，我们在北京相遇时，那顺将军形容当时在船上的心情是："一想到那么多船员就是从这条江上出发，却死在异国他乡，我们心里非常难受……这个案子，中国人必须拿下来！"

按照既定安排，孟建柱在船上接受了采访。面对镜头，

10月23日，孟建柱专程乘船实地考察澜沧江—湄公河流域航道情况（郝帆　摄）

孟建柱再次强调："在发展澜沧江—湄公河航运事业的同时，要把维护航运安全摆在更加突出的位置，严格航运管理，维护航运秩序，及时消除安全隐患，有效预防突发事件。"

西双版纳会议后，一系列大的破案动作即刻启动。

3. 糯康浮出水面

10月23日的会议上，还作出了一个决定：派出由时任公安部副部长张新枫为团长的中国公安高级代表团，赶赴泰国开展工作，加快案件查办进程。

当日晚，中国公安高级代表团抵达泰国首都曼谷。代表团一行共八人，包括公安部刑事侦查局、禁毒局、国际合作局、物证鉴定中心以及云南省公安厅负责人。

需要专门介绍的是，此行中很多是中国顶级的刑侦专家。例如，张新枫副部长，多年的老刑警出身，曾担任公安部刑侦局局长，从警以来破获大案无数；刘跃进，公安部禁毒局局长，后来被委以专案组组长的重任；班茂森，公安部物证鉴定中心痕检专家，曾赴斐济侦办我国台湾渔船船长被杀案、赴吉尔吉斯斯坦侦办新疆客车所载 21 名乘客和司机被杀焚尸案。2012 年，我在采访另一起震惊中外、震动中国政坛的大案时，与班茂森就湄公河 "10·5" 案件还有过详谈，此处按下不表。

中国公安高级代表团的到来引起了极大关注，被一些境外媒体解读为中国开始向泰国方面进一步施加压力，敦促加大破案力度。

代表团一行风尘仆仆、马不停蹄——24 日上午，与泰国警察总监飘潘举行会谈。飘潘从中国代表团一行严峻的表情上，明显感受到了中国方面的态度，于是他先做了一个表态："泰国警方高度重视'10·5'案件，已从总部调派高官和刑侦专家专门负责此案的侦查工作，将会继续与中国警方密切合作，加快侦查工作，早日查明真相并向中方通报。"

24 日下午，会见泰国副总理差林。此前，中国公安高级代表团与泰国警方就现场勘查、物证鉴定等方面交换了意见，掌握了一些对侦破案情有重要作用的线索。心里已经有数的张新枫开门见山说，中国政府和领导人高度重视 10 月 5 日发生在湄公河水域的中国船员遇袭事件，中国政府珍视每一位公民的生命安全，要彻查此次事件真相，将犯罪分子绳之以法。中国领导人高度重视案件侦办工作，特指示公安高级代表团来到泰国，与泰方同行就案件侦破工作深入交换意见，推动早日完成案件侦查工作。希望差林副总理高度重视此案，推动联合执法办案，依法缉拿并严惩肇事凶犯，杜绝类似恶性事件再次发生。

张新枫在会见中说了这样一段话，在随后广为流传："案件发生在大白天，又非一人所为。在湄公河上，河里有船、岸上有人，在这种情况下，作了案想销声匿迹，杀了人想瞒天过海，那是办不到的！"

在这次会见中，张新枫还传达了一个重要信号：中方希望于近期在北京举行中泰缅老四国警方高层会议，尽快推动建立四国维护澜沧江—湄公河国际航运警务合作机制。

差林郑重地回应道，泰国政府高度重视湄公河中国船员遇袭案，将会敦促警方加快案件侦查工作，早日查明事件真相并依法处理，泰方愿意积极配合中方建立湄公河四国警务合作机制，共同维护湄公河国际航道安全。

10月25日下午，在中国驻泰国大使管木的陪同下，代表团赶赴泰国清莱府，听取泰国警察总署助理总监乌德和当地警察部门负责人就"10·5"案件调查工作情况的介绍。

10月26日上午，代表团前往清盛码头，向13名遇害的中国船员表示哀悼，并在泰方专案组有关负责人的陪同下登上"华平号"和"玉兴8号"，实地查看了案发现场和有关物证。

当时，两艘船的取证工作已经完成，首次让中国媒体上船。据我的一位媒体同行描述："现场还是可以看到留在门窗玻璃上的弹孔、弹痕，船舱的房间一片凌乱，很多地方血迹斑斑……"

陪同的泰国警方人士对张新枫说，通过这段时间的调查，

时任公安部副部长张新枫勘查事发水域和现场（黎藜　摄）

对疑犯的资料有了进一步的了解，相信不久就可以实施抓捕；在合作办案过程中，泰方会尽力配合中国警方的要求。

案发现场"华平号"和"玉兴 8 号"的弹痕和血迹

抑制住悲痛和愤怒，代表团一行又来到最初发现遇袭船只的地点——湄公河岸上视察。

"我目前是在泰国的领土上，在我的右后方就是缅甸，在我的左后方就是老挝的国土。这个案件的复杂性也正在于它发生在三国交界的地方。"上船的一位记者同行现场播报。

中国代表团的快速行动让泰国方面不敢怠慢。10月28日，事件有了重大进展。张新枫和泰国警方联合召开新闻发布会，宣布涉案的九名犯罪嫌疑人刚刚已经到案，很快就会进入泰国的司法程序。

张新枫在发布会上没有透露这九名嫌疑人是谁，但泰国警察总监飘潘在会后接受媒体采访时，对这个关键问题做了明确回答：是第三军区"帕莽"军营的九个军人，他们是向警察自首的。

"帕莽"军营是一支什么样的队伍？资料显示，"帕莽"军营于1956年以第7装甲团为基础组建，负责抵御外国军队侵犯主权、维护边境安全和清剿边境毒品贩运。执行任务区域为约950公里的泰缅、泰老边境线，范围几乎覆盖泰北所有地区边境线，包括夜丰颂、清莱、清迈、帕尧、难府、程逸、彭世洛七个府（泰国的一级行政区，级别上相当于中国的省）。

飘潘的一番话，引来了在场记者更多的追问：

"涉案的九名泰国军人，是否得到过军方的指令？"

飘潘一再强调，这九名士兵是泰国军队中的败类，杀害中国船员是他们的个人行为，与军队无关。

"中国船员被杀，而凶手正是缉毒军人，同时还发现大量毒品。这意味着什么？"

飘潘回应：在第三军区的积极配合下，九名涉案的泰国军人自首投案。目前，九名嫌犯被拘押于清莱，警方在加紧调查其作案经过、作案动机；至于外界关注的九名士兵是否与贩毒团伙有关，泰国警方正在侦查。"泰国警方相信，如果涉及贩毒，背后很可能是当地有权势的人物，而非政府公职人员，更重要的是把隐藏在背后的贩毒集团头目抓到。"飘潘说。

飘潘的话中所指，是泰国《曼谷邮报》数日之前的一则消息：经初步调查，泰国警方认为这起劫杀案的凶手是来自缅甸的糯康贩毒集团，动机可能是索要保护费，也可能想劫持船只运毒，遭到中国船员拒绝后，便痛下杀手。

糯康，这个传说中的大毒枭，第一次在公开信息中与湄公河"10·5"血案联系在了一起。

后来，有关部门的一位领导告诉我，美国外交部门高层人士在评价此事时说，这一次，中国没按外交常规出牌，展现出的效率也不像中国外交的一贯风格，必须引起我们的重视。

中国的主张，在这份四国联合声明中得到了完整的体现。然而，蓝图落实为行动，还需要越过重重险阻。

二、不按外交常规出牌

1. 一个星期的奇迹
2. 冤情首次公开澄清
3. 四国缔约

不按外交常规出牌

1. 一个星期的奇迹

尽管中国警方已派出代表团赴案发地泰国开展工作，但案件由泰国军方主导，警方插手的范围有限，9名有嫌疑的泰国军人甚至只到警察局报到了一下就回到军营，被移送泰国军事法庭进行裁决，警方未能对他们进行详细询问，幕后的真凶还没有揭去那层神秘的面纱。

对于中国而言，案件发生在境外，作案人员是外国人，这给侦查破案工作带来极大困难，没有国际合作将寸步难行。但是，仅仅依靠泰国去破案是不现实的，事态没有明朗之前，缅甸和老挝也只是在旁观。怎么办？如果中国不强力出手，这个案件或许就会成为永远的悬案。

看似柳暗花明，实则仍疑无路。为了13名被害的同胞，中国当然要出手。这一次，中国的大国风范和号召力显露无遗。

10月30日，我在北京钓鱼台国宾馆目睹了三位特殊客人的到来：泰国副总理哥威、老挝副总理兼国防部长当斋和缅甸内政部部长哥哥。

出席会议的四国代表团团长入场（袁满　摄）

　　二位副总理级别的国家领导人分别率团专程来京，只有一个共同的目的：参加中老缅泰湄公河流域执法安全合作会议。

　　此时，距离孟建柱在云南提出建立中老缅泰湄公河流域执法安全合作机制，只有一个星期的时间。

　　就在一天前的 10 月 29 日，时任国务院总理温家宝打电话给泰国总理英拉，代表中国政府和人民就泰国遭受罕见洪涝灾害表示诚挚慰问。通话中，英拉对中国船员在湄公河遇害感到悲痛，表示泰国政府一定会查明案情，将凶手绳之以法，泰方愿同中国等有关国家加强合作，确保湄公河航运安全。温家宝要求泰方加紧审理此案，依法严惩凶手，希望中泰老缅四国协商建立联合执法安全合作机制，共同维护湄公河航运秩序。

另外，我还了解了一个情况：来自中南海的意见是，希望能在 12 月大湄公河次区域经济合作领导人会议召开之前恢复湄公河通航。而恢复通航的一个前提则是尽快开展联合巡逻执法，为恢复湄公河航运提供安全保障。

因此，我们可以理出这样一个逻辑关系：协调中老缅泰四国领导人开会——签订联合执法安全合作机制框架协议——开展湄公河联合巡逻执法——湄公河航运恢复。这一切工作，必须在 12 月之前的一个月时间内完成。

一个月的时间，紧得不能再紧了。但是，有这样一些困难摆在眼前：

协调老挝、缅甸、泰国的有关领导人来北京开会，这三个国家会不会接受邀请？按照外交部门的说法，把外交渠道的正式程序走完一遍，差不多就得俩月。

还有人说风凉话："你中国说要开会，一星期就把人家全叫到北京来，万一人家不来你有什么办法？中国的面子往哪儿搁？"

况且，在湄公河开展四国联合巡逻执法，是前人没有干过的事，没有任何先例可循，一切都得从零开始。从船艇、人员方面来说，中国此时还没有做好准备。

如果是这样，后面的联合护航、破案等就不知道拖到什么时候去了。但所有人心里都清楚——在这个事情面前，中国等不起。

公安部国际合作局的一位领导与我熟识。他对这次会议筹办的评价是："打破常规、从未有过的神速。"

"非常规的时候就得打破常规！"时隔一年多以后，仵建民和吴汝震两位警官在北京接受我的采访时，不约而同地提到了这一点。

仟建民和吴汝震分别是驻泰国使馆、驻缅甸使馆的警务联络官。他们代表着此前鲜为人知的一种外交力量，是公安部 1998 年开始派出的一股"奇兵"：既是警察，又是外交官，既是我公安执法工作在境外的有效延伸，又是国际执法合作工作的重要支点。

我听说的一些事例，让我深感这些驻外警务联络官的"外交能量"巨大：平时，和泰国警界的高官聊天喝茶"是一件很简单的事"；遇到紧急任务，仟建民能在凌晨 1 点把泰国警察从家里叫出来为我方工作。又如，吉尔吉斯斯坦发生骚乱，我政府决定撤侨，担任撤侨组组长的是驻吉警务联络官戴绪魁，危急时刻，他协调当地军警用装甲车、坦克护送华侨撤离。

在关键时候"找得到人、说得上话、办得成事"，不少警务联络官已经做到了这一点。特别是他们在工作之余与当地建立了良好的关系，往往能够突破一般工作程序，以超常规的方式完成超常规的任务，在一些关键节点，其作用甚至是决定性的。

"10·5"案件发生后，仟建民将泰国各方面的情况进行汇总，和现场调查情况反复印证，确定案件疑点，从中找到破绽。在 10 月 10 日，即案发后的第五天，他将当时还未公开的"有泰国军人参与其中"的讯息传回了国内。

在案发当日，吴汝震就开始走访调查，他掌握的目击者证言和有关照片、录像，初步证明"华平号"和"玉兴 8 号"

两艘中国货船在缅甸万崩码头上游 20 公里左右的地方被劫持，为后来专案组的决策指明了方向。

警务联络官们的本事，在这次四国会议的筹办上正好派上用场。按照公安部的直接命令，他们将中国方面的意见传递给所在国家的高层。与此同时，外交部门也通过外交渠道做了一些努力。

几位警务联络官介绍，案件本身的重要性、中国的决心和号召力、与老缅泰三国良好的关系是最为关键的因素。三个国家的领导人一听说是这么大的事，而且也有共同利益，都非常重视，很快答应下来。

于是，一次看似不可能短期内筹办完成的国际会议，就这样开启了成功的第一步。

按照惯例，此类外事会议的主要协调者应是外交部，但这次不一样。许多细节可以折射出这一点，例如：给我发放记者采访证的不是外交部，而是公安部。

后来，有关部门的一位领导告诉我，美国外交部门高层人士在评价此事时说，这一次，中国没按外交常规出牌，展现出的效率也不像中国外交的一贯风格，必须引起我们的重视。

2. 冤情首次公开澄清

毋庸讳言，即将召开的中老缅泰湄公河流域联合执法安全合作会议，不仅影响着"10·5"案件侦办工作的成败，更在很大程度上决定着湄公河流域治安混乱状况在未来是否有所改观。然而，当时外界对中国主导的这次会议存在疑虑，包括一些并不友善的猜忌。

有海外评论称，中国打算以湄公河"10·5"案件为借口，派出武装执法力量进驻，进一步插手东南亚事务，扩张自身的影响力，成为"世界警察"。还有人臆断说，中国倡议推动湄公河巡逻执法，实质是对其他三国主权的侵犯，或将招致三国民众的强烈反对，这些压力将传导到北京的会场，导致会谈搁浅。

面对着众多疑虑，寄托着万千希望，这次会议能成功吗？

正式会议之前，中方与其他三国领导分别进行了一系列会见，先期交流意见看法。我现场报道了所有场次的会见，从三国领导的回应中，已经可以预感到这次会议的走向——

10月30日，孟建柱分别会见泰国副总理哥威、老挝副总理兼国防部长当斋、缅甸内政部部长哥哥，倡议召开中老缅泰湄公河流域执法安全合作会议。

哥威的话是：泰国政府十分重视与中国的友好合作，赞同中方的看法和建议，愿与中方共同努力，加强在湄公河流域的执法安全合作，联合巡逻执法，维护好湄公河流域的安全。

当斋说，老挝政府重视与中国的友好合作，愿与中方共同努力，加强在湄公河流域的执法安全合作，采取有效措施打击危害本流域安全的跨国犯罪活动，维护湄公河国际航运安全。

哥哥回应称，缅甸政府高度重视与中国的友好合作关系，愿与中方共同努力，加强在湄公河流域的执法安全合作，采取有效措施打击危害本流域安全的跨国犯罪活动，维护湄公河国际航运安全。

同在这一天，时任国务委员兼国防部长、国家边海防委员会主任梁光烈与当斋举行了会谈，就中老两国两军关系和湄公河流域安全合作等问题交换意见。梁光烈说，感谢老挝积极帮助中方滞留船只船员安全回国。此次中老缅泰湄公河流域执法安全合作会议非常重要，相信在各方共同努力下，会议将达成共识并取得积极成果。

当斋说，老中两国两军有着深厚的传统友谊。老方感谢中方长期以来对老挝国家和军队建设方面给予的大力支持和帮助。老挝政府愿与中方加强合作，确保湄公河流域的安全。

10月31日上午，会议召开之前，时任中共中央政治局常委、中央政法委书记周永康集体会见了当斋、哥哥和哥威。周永康说，这次应中方倡议，老缅泰三国迅速派代表团来华参加湄公河流域执法安全合作会议，体现了对本地区安全合作的重视、对中国人民的感情，中方表示感谢和欢迎。

随后，周永康话锋一转：近年来，湄公河流域犯罪活动突出，频繁发生船舶在湄公河航道遭武装人员敲诈勒索、抢劫、枪击等事件，特别是"10·5"事件的发生，对在该航道通行的四国船只和人员造成重大危害。

"为有效打击跨国犯罪，维护航运安全，中方倡议召开此次会议，希望与会各方共同努力，尽快建立四国湄公河流域执法安全合作机制，加强情报信息交流，开展联合巡逻执法，联合整治治安突出问题，联合打击跨国犯罪，切实防止类似事件再次发生，为早日恢复船运创造安全条件，真正使湄公河成为安全、和平、友好的国际黄金水道，真正造福四国人民。"周永康说。

当斋、哥哥和哥威当即先后表示，将进一步协同做好案件侦办和善后处置工作，尽快将犯罪分子绳之以法。当前，湄公河流域安全形势严峻，中方倡议召开这次会议十分必要、十分及时。老缅泰三国将本着真诚、务实、合作的精神，与中方加强磋商，为尽快建立执法安全合作机制作出积极努力，共同维护好湄公河流域的安全稳定。

会谈自然绕不开湄公河"10·5"血案。到现在为止，案件的一个重大谜团，仍然如阴影般笼罩在人们心中：13名中国船员是否因为贩毒才招致杀身之祸？

30日晚，我在钓鱼台国宾馆对哥威、当斋和哥哥分别进行独家专访。其中，哥威在访谈中终于揭开了这个谜团。

"泰国方面一定能够查清案情、严惩凶手吗？"我问。

哥威说，泰国警方一定会全力与中方配合，而且我们内部也会提供各项机制，确保案件得到合法的审判。现在警方正在就一些人证、物证进行分析，将向司法部门提供分析结果，最后的判决还有一个司法程序。

"侦破这个案子最大的难点是什么？"我进一步追问。

"最大的困难在于取证方面，因为案情的进展依赖于人证、物证是否齐全。所以，泰国警方正在加大力度、迅速获取相关的信息以及有利于案情进展的人证、物证。在此，我们向遇害者的家属表示慰问。同时，泰方也感到很遗憾。"哥威说，"目前初步的调查结果显示，这些遇害的中国船员都是在流域上从事正常生计的人，并没有参与非法的活动。泰方正在加大取证的力度，同时也向中方和中国人民保证，案件一定会得到公平公正的审判。"

当晚，我迅速整理成文。第二天，包含这段访谈的新华社通稿向全世界播发，国内外共有 200 多家媒体刊载。这次报道的特殊性在于，中国船员的冤情第一次被公开澄清。

3. 四国缔约

10 月 31 日是一个好天气，蒙蒙细雨后天公放晴，钓鱼台国宾馆的小河中野鸭戏水，主会场外的大草坪绿意葱茏。

时任中国国务委员兼公安部部长孟建柱、泰国副总理哥威、老挝副总理兼国防部长当斋、缅甸内政部部长哥哥，四人的手紧紧相叠，与会四国人员掌声热烈。

会议达成了高度共识：湄公河是沿岸各国友好交往和开

四国缔约（袁满　摄）

展经贸、旅游活动的"黄金水道"，沿岸各国人民血脉相连、命运相通、利益相关。保障湄公河流域人民群众的生命财产安全，是各方的共同意愿。长期以来，中老缅泰四国执法部门相互尊重、相互理解，在反恐和防范打击贩毒、非法出入境、走私、拐卖妇女儿童等跨国犯罪中加强合作，为维护湄公河国际航运安全和本地区的稳定作出了重要贡献。

"近期，湄公河流域的安全形势趋于严峻，过往商船遭遇非法武装人员抢劫、敲诈、枪击等事件时有发生，已严重威胁沿岸国家人民群众的生命财产安全，影响本地区的和平稳定。"

与会人员都承认，特别是10月5日两艘货船在湄公河水域遭袭，造成13名中国船员遇害，对湄公河流域航运安全造成重大威胁，有必要加强四国执法部门在湄公河流域的执法安全合作，并采取有效措施打击危害本流域安全的跨国犯罪活动，共同维护好湄公河流域的安全稳定。

与会各方在平等互利、相互尊重主权的基础上，就加强配合、尽快查清"10·5"案件案情，建立湄公河流域执法安全合作机制，加强情报信息交流、开展联合巡逻执法、联合整治治安突出问题、联合打击跨国犯罪和共同应对突发事件等进行了广泛深入的磋商、讨论。随后，会议通过了《湄公河流域执法安全合作会议纪要》，并发表《关于湄公河流域执法安全合作的联合声明》。

中国的主张，在这份四国联合声明中得到了完整的体现。主要有以下几点：

一、同意进一步采取有力措施，加大联合办案力度，尽快彻底查清"10·5"案件案情，缉拿惩办凶手。

中方代表团团长孟建柱（右一）（袁满 摄）

老挝代表团团长当斋（右一）（袁满 摄）

缅甸代表团团长哥哥（右一）（袁满　摄）

泰国代表团团长哥威（左一）（袁满　摄）

二、同意为应对湄公河流域安全出现的新形势，正式建立中老缅泰湄公河流域执法安全合作机制。

三、同意在四国湄公河流域执法安全合作机制框架下，具体建立情报交流、联合巡逻执法、联合整治治安突出问题、联合打击跨国犯罪、共同应对突发事件合作机制。

四、同意各自采取有效措施，尽快开展联合巡逻执法，为恢复湄公河航运创造安全条件，争取在12月大湄公河次区域经济合作领导人会议召开之前恢复湄公河通航；尽快联合开展打击跨国毒品犯罪集团行动，防止危害本流域安全的活动发生。

五、同意在四国水上执法部门之间建立直接联络窗口，通过信函、电话、传真、电子邮件进行联络。

六、同意根据工作需要适时再次举办四国湄公河流域执法安全合作会议。遇紧急情况或个案，可随时举行工作会晤。

七、同意将在平等互利、相互尊重主权的基础上进一步加强合作，通过协商解决出现的问题和分歧。

八、同意尽快商签中老缅泰《湄公河流域执法安全合作协议》。

看似枯燥的外交话语透出的是不一般的闪光点。以上共识环环相扣，其中最具突破性的内容，就是建立史无前例的湄公河流域执法安全合作机制。

此刻，"10·23"西双版纳会议的一幕幕场景在我脑海中浮现。一个星期前，孟建柱在云南西双版纳提出的设想，这么快就得到了四国的一致认可。

这是一次足以载入史册的会议。身在会场，我当时有一

不按外交常规出牌

专案组组长刘跃进与老挝副总理兼国防部部长当斋会谈

个强烈的感受：湄公河"10·5"案件破案有戏了！

3天后的11月3日，由公安部、云南省公安厅、西双版纳州公安局等国内相关执法部门组成的"10·5"案件联合专案组成立。公安部禁毒局局长刘跃进出任专案组组长。

25天后，为落实这份联合声明，中老缅泰湄公河联合巡逻执法部长级会议在北京举行。中国公安部副部长孟宏伟、老挝人民军副总参谋长波相、缅甸警察副总监佐温、泰国国家安全委员会秘书长威谦率团出席会议。四国联合巡逻执法的框架进一步清晰起来：

——自12月中旬开始，四国在湄公河开展联合巡逻执法工作，并于12月15日之前在中国关累港举行四国联合巡逻执法首航仪式，确保于大湄公河次区域经济合作领导人会议召开前恢复通航。

——在中国关累港设立中老缅泰湄公河联合巡逻执法联合指挥部，四国派驻官员和联络官，根据本国司法管辖权和法律规定协调、交流情报信息，按照协商一致的原则统一协调各国执法船艇及执法人员开展联合执法工作。

——中方在老方和缅方提出请求的情况下，派遣专家支援小组赴老挝、缅甸协助驾驶船艇并延伸操作培训。

——老方和缅方同意为联合巡逻执法船艇及执法人员及联络小组提供安全保障和补给便利。泰方同意应请求并依据相关国内法提供安全保障和补给便利。

——针对湄公河流域发生的突出治安问题，经四国协商一致，共同组织实施联合行动，打击危害流域安全的严重治安问题。

——原则同意成立维护湄公河治安联合工作组，对突出治安问题进行实地调研，磋商、拟定合作改善流域治安状况的工作措施，报请四国执法安全部门批准后实施。

——寻求合适方式推动湄公河沿岸社会经济发展，以提高湄公河沿岸可持续性发展和民众生活水平。

——在联合指挥部协调下，立足实践，不断完善合作机制，以便推动早日签署湄公河流域执法安全合作协定。

然而，蓝图落实为行动，还需要越过重重险阻。

一开始，我以为联合巡逻执法会波澜不惊，后来我发现自己错了。神秘而美丽的"金三角"腹地，与案件有着千丝万缕的联系，也潜伏着各种意想不到的危险。

　　通航可以恢复，但生命不能恢复。此情此景让我想起，两个多月前，载着中国船员的"华平号"和"玉兴8号"，也曾行驶在这两岸的青山绿水之间，谁也没有想到，那竟是他们生命中最后的航行。

三、深入金三角

深入金三角

1. 最后一张船票

四国会议后，围绕湄公河"10·5"案件的工作便开始分成一暗一明两条线。

暗线是专案组的攻坚工作。进入 2011 年的 12 月，破案工作已在秘密而紧张地进行，许多工作有了些许眉目，但还不能对外界公布。

明线则是四国执法安全合作机制确立，湄公河联合巡逻执法启动，一方面为湄公河恢复通航保驾护航；另一方面也对糯康等武装贩毒集团敲山震虎，为案件侦破打下牢固的支持框架和合作基础。

在接触跌宕起伏的破案过程前，我有幸参与了四天四夜的四国湄公河联合巡逻执法首航。一开始，我以为联合巡逻执法会波澜不惊，只是大张旗鼓地走走过场。后来，我发现自己错了。神秘而美丽的"金三角"腹地，与案件有着千丝万缕的联系，也潜伏着各种意想不到的危险。

12 月 9 日清晨，已经沉寂了两个月的云南关累码头重现喧嚣。

前一天晚上，我与公安部的同志一道到达关累，参加将在这里举行的首航仪式。

关累是傣语，意为"追赶金鹿的地方"，地处西双版纳州勐腊县，是沿澜沧江—湄公河的南行路线上最后一个中国港口，也是目前国内可以与老挝、缅甸、泰国直接进行贸易合作与交流的集散地。

关累港码头不大，不过三四条街。街边的商铺里，可以买到产自东南亚各国的小商品。码头与缅甸隔江相望，郁郁葱葱的山林中隐现一块块岩石。顺流而下31公里，就是中老缅三国交界的244号界碑，澜沧江从此处流出中国，改称为湄公河。两岸绿水青山，原始森林茂密，也被世人称为"绿三角"。

"10·5"血案的发生与封航停船，使得很多在湄公河上讨生活的人被迫离开。停在码头上的船显得很冷清，因为绝大部分船员都走了，只留下了船长或大副，还有的是船老板亲自在这里看船。

一位船长告诉我，他在船上有股份，一时还不能走。跟随他跑船多年的几位船员走的时候，他心里特别不愿意，因为招人很难，所以都留下话来，一旦恢复通航就打电话把他们叫回来。

得知要恢复通航，船和人都回来了。我在码头上看到，江边已经停泊着不少船，前排是来自中老缅三国的五艘执法船，中国三艘，老挝、缅甸各一艘。船上站着全副武装的官兵，有的在瞭望警戒，有的在彼此寒暄。泰国因为国内原因，没有派出执法船到关累来，但派了执法人员来参加首航，另外还有多艘执法船在清盛码头接应。

参加首航的商船等待出发

  在执法船后排停泊的，是10艘即将参加首航的商船。江水的激荡和相邻船只的摩擦，发出悠长的声响，空气中弥漫着橡胶、水果、大蒜等混杂的味道，这些都在提示着人们——湄公河要复航了！

  码头上站满了看热闹的人群，有当地居民，也有重新聚集到这里的船员。他们在等待的，是即将在这里举行的云南公安边防总队水上支队成立仪式。

关累码头上站满了围观的人群

按照中央决策部署，公安部和国家有关部委、云南省等共同努力，经过一个多月的紧张筹备，组建了云南公安边防总队水上支队。支队官兵由沿海几省和云南公安边防总队选调的精兵强将组成，并经过了专门的执法培训和战斗训练，成为我国第一支承担国际河流联合巡逻执法的专业队伍。

仪式上，公安部副部长孟宏伟的动员讲话激昂慷慨："对于你们来说，湄公河联合巡逻执法是史无前例的任务！意义特别重大、使命非常光荣、任务尤其艰巨。"

站在200多名公安边防官兵一侧，听着他们的呐喊和宣誓，我也禁不住热血澎湃。24小时后，这支队伍将与老挝、缅甸、泰国执法人员一起踏上湄公河联合巡逻执法首航之旅。

我后来还知道了一个小故事：因为湄公河联合巡逻执法没有先例可循，各种规章制度及运转机制在此前都是空白。按照公安部紧急部署，驻美国、加拿大使馆的警务联络官们对美加边境联合巡逻进行了调研，以最快的速度撰写出《美加边境联合执法队》《加美跨境联合水上执法行动》等调研报告，成为决策层的重要参考。

同在12月9日这一天，中国老挝缅甸泰国湄公河联合巡逻执法联合指挥部也在关累港码头揭牌。来自四个国家的巡逻执法指挥官站成一排，在噼噼啪啪的闪光灯下先后表态发言。

按照既定的执法合作框架，四国在联合指挥部都派驻了官员和联络官，根据本国司法管辖权和法律规定协调、交流情报信息，充分协商、统一协调各国执法船艇及执法人员开展联合执法工作。同时，老挝、缅甸和泰国也分别建立了联合指挥部联络点，并建立四国主管部门湄公河联合巡逻执法

24 小时联络渠道。这些，都标志着中老缅泰四国执法警务合作的新平台正式建立。

万事俱备，只待起航。

必须承认，从关累码头上回到住所，我始终感到失落和遗憾。首航的随行人员名单中并没有我，这意味着新华社记者将缺席这次史无先例的首航之旅。

我也清楚，出于种种考虑，有关部门最初安排的是一名内部工作人员负责文字报道。从北京出发去云南的那一刻起，我就反复向有关部门领导说明新华社记者随船报道的必要性，但均被婉拒。

我并不甘心。在到达云南、尚未出航的几天时间内，我利用承担所有新闻通稿写作任务的机会，在稿件修改、送审过程中，进一步与几位领导加强沟通。加之此前我有参加历次与案件相关活动的经历，知晓中央指示精神，熟悉案件整体情况及背景，这些优势也体现在我的稿件中，送审稿多次得到肯定和表扬，有的稿件一字不改便审核通过。后来得知，这也成为我最后能够成功上船的有利条件之一。

机会最终还是来了。在出发前夜，原先确定的那名工作人员由于个人原因无法登船，各有关部门领导在凌晨的会议上研究确定，把我紧急增补进上船人员名单，专门承担文字报道任务。早上五点多，我的手机响起，公安部办公厅处长张景勇打来电话，告诉我这一"喜讯"，并提醒我此行有危险，让我慎重考虑。我没有丝毫犹豫，一口答应下来。

本来收拾好准备回京的行李，很快被工作人员搬上了巡逻执法船。本来要一起回京的同事，站在了码头为我们送行。我对自己所在船的编号记得很清楚——"中国公安边防53902"。

由此，我终于拿到了最后一张船票，所以，也有机会继续为大家讲述随后发生的更多故事。

2. 案发之前的中国船员们

10日清晨的关累港，雾气即将散尽。薄雾中，51岁的"源丰号"货船船长吕华荣的身影在堤岸上不断晃动。他前来送别即将出航的儿子——20岁出头的"顺安6号"货船代理船长兼大副吕国庆。

"顺安6号"是参加首航的10艘货船之一。再有一个多小时，船队就要出发了。

中国公安部、财政部、交通运输部等部门和云南省的领

中老缅泰四国官员宣布首航正式启动

中国执法官兵整装待发

中国执法官兵整装待发

船队在摩托艇的护卫下启程

导，老挝、缅甸、泰国执法安全部门官员，还有当地边防官兵、群众齐聚码头，举行四国联合巡逻执法启动仪式。

10时许，绿色信号弹从码头腾空而起，五艘联合巡逻执法船解缆起航。全副武装、威风凛凛的中国公安边防警察，昂首挺胸站立在云南公安边防总队水上支队53901、53902、53903等艇上，与其他国家执法船一起，为后面的商船开道。

　　船队开始加速，岸边欢送的人群越来越远，锣鼓和鞭炮声渐渐模糊。郁郁葱葱的山林从两岸掠过，倒映在曲折的河道中。

　　站在 53902 船头，我观察着河道和两岸的情况变化，而执法官兵们则显得更为警惕。后面商船上的船员们的表情则都有些激动：从这一刻起，湄公河"黄金水道"又恢复通航了。

　　11 时 30 分许，船队驶过中老缅三国交界处的第 244 号

行进中的中方和老方（左、迷彩色船）的护卫船（赵飞　摄）

界碑，离开中国水域，进入老缅交界的湄公河国际航道。顺流而下，河道两岸右边是缅甸，左边是老挝。一路上，只见两岸大都是人迹罕至的山林，岸边怪石嶙峋，空中偶尔有鸟飞过，在峡谷中留下带着回声的鸟鸣，但因为船上的引擎声音太大，听不真切。

　　有的河段能看见为数不多、依山而建的村寨，看见船队过来了，有些老百姓聚拢在一起观看，很热情地向船队招手表示友好，还有老挝一侧的居民打出"兄弟"的汉字标语，

老挝边民向船队打招呼（赵飞　摄）

很是让人感动。执法船也鸣笛回应，我们每个人都纷纷向岸边的居民挥手致意，传递着我们的友善。

"行驶正常！" 53902号执法船的指挥室内，执勤官兵通过视频系统向联合指挥部报告实时情况。这套视频指挥系统与联合指挥部、公安部边防局指挥中心相连接，船队的一举一动，都随时向后方报告。

作者在53902号执法船指挥室内与后方联络（赵飞　摄）

船队沿着蜿蜒的河道继续前行，河水开始变得湍急，看似平静的河面下暗流涌动，驾船官兵的神情明显变得凝重，小心翼翼地通过一处处礁石、险滩。开船的官兵说，在湄公河行船，即使是跑了十几年船的老船长，也得万分小心，暗礁、险滩极多，从中国关累港到泰国清盛港之间共有险滩、浅滩100多处。有时候，河面看着很宽阔，实际上安全的行

12月10日12时50分，53902号执法船在湄公河上行驶，河道最窄处只有10余米（赵飞 摄）

老挝的孩子们向船队打招呼（赵飞 摄）

湄公河岸边的牛群（赵飞 摄）

船航线很窄，船头方向调整要十分精确，误差不能超过一米；有时候，河道只有十来米宽，弯道既弯且急，就更需要小心翼翼了。

每当遇到险滩激流，巡逻执法船总是先行试水，在确定可以安全通过的情况下，再引导后面的商船逐一通过。每艘船之间须保持500米以上的距离，一旦前船遇到紧急情况，后船才有足够的反应时间和距离。

"我们的首要任务，就是保护这些商船的安全。"云南公安边防总队水上支队二大队队长恋秀豪告诉我。水上支队组建后，进行了一个月的有针对性的严格训练，做好了执行联合巡逻执法任务和应对突发事件的各项准备。支队官兵还进行了外事纪律、外交礼仪的培训，掌握相关国家外交方针和对外政策，了解并尊重境外民族习惯与禁忌，提高在复杂执法环境下的沟通协调能力。在巡逻执法的同时，执法船还将力所能及地开展江上救援、救助，为沿岸群众和商船提供必要的服务。

湄公河岸边的村寨（赵飞 摄）

10日的航行还算顺利。上午传来一条船搁浅的消息，但很快恢复航行。除此以外，并没有遇到什么意外情况。根据湄公河实际航行条件，夜间不能通航，17时许，船队在老挝的班相果码头停靠。

缅甸军人向船队敬礼致意（赵飞 摄）

吃过晚饭不久，四国联合巡逻执法指挥官在一起开会，研判安全形势。后来又把10位

船队当晚到达老挝班相果码头后，慰问停泊此处一个多月的中国船员（赵飞 摄）

船老大叫到执法船上，介绍、询问情况，并征求他们的意见建议。

借此机会，我和几位船老大聊了起来。

"顺安6号"船长黄星强的亲弟弟黄勇，就是"华平号"的船长，"10·5"案件中不幸遇害。原先家里人说什么也不让黄星强再出船了。但是这次有了联合巡逻执法船的保护，家里人还是很放心的。这次，他的船装载了100多吨水果前往泰国。

"继续沿着弟弟未走完的航道前进，是对弟弟的一种慰藉，也相信国家有足够的决心和实力保护国民的生命财产安全。"黄星强告诉我。

"龙鑫1号"船长张鸿强向我说了不少心里话："10·5"事件给很多船员的心理带来很大的负面影响，甚至有些人弃船不干了。他的老板在停航期间继续给他们发工资，就是希望留住船员们。在这种情况下，有勇气出船是很不容易的。有了联合巡逻执法船，大家的安全感增强了，开始恢复继续从事航运的信心。这次，他的船装载了120吨大蒜和蚕豆，将在泰国卸货，再装载一些食品、饮料、日杂用品等货物返回国内。

通航可以恢复，但生命不能恢复。此情此景让我想到，两个多月前，载着13名中国船员的"华平号"和"玉兴8号"，也曾行驶在这两岸的青山绿水之间，谁也没有想到，那竟是船员们生命中最后的航行。

和这些船老大们的聊天中，我掌握了更多情况，一些被害中国船员在案发前的生活轨迹令人唏嘘不已——

杨德毅，"玉兴8号"船长，云南昭通人，排行第三的他被人叫做"杨三"。1997年，他开始在湄公河上讨生活。那时候，杨德毅做水手一个月可以挣2000元，这在当地已经算是不错的收入。他总是会留下一点生活费和烟钱，其余都如数交给妻子，这个习惯，在他当上船长后也未曾改变。

杨德毅要孩子很早，18岁就当了爸爸。儿子杨植炜考上中专后读了一年多就不愿意再读了，觉得不如早点出来打工挣钱，执意要跟着爸爸跑船，岂料在"10·5"案件中父子双双殒命。当时，杨植炜刚满18岁，是13名被害船员中年龄最小的一位。

黄勇，"华平号"船长，贵州赤水人，21岁开始跑船生涯，凭着踏实、勤奋和不懈努力，一步步从水手干到大副、船长。有一段时间，"华平号"上缺炊事员，黄勇把妻子带到了船上，干了几年炊事员后，因为家里孩子没人照顾，妻子就不再跟船。

2009年的一部纪录片《湄公河之中国船家》中，黄勇畅谈了湄公河两岸的经济发展与环境保护，话语中对未来信心满怀。但是在近几年，妻子从丈夫和其他跑船的人口中，听到了越来越多中国货船在湄公河上遭遇抢劫的消息，"那一段很乱，还听说过有中国船员被绑架甚至打伤打死的"。

"那一段"大致指的是湄公河从缅甸回龙河口到老挝孟喜岛的这一段，尤其是孟喜岛，被称为"鬼门关"。中国的船员们每次要经过时，总是提心吊胆，习惯性地把手机和现金揣到随身的口袋里，如果遇到持枪的劫匪"登船检查"，只能忍气吞声地交几千到几万元不等的"过路费"，花钱买个平安。

"10·5"案件发生的两个月前，也就是 2011 年 8 月初，在孩子放暑假期间，妻子跟着黄勇跑了一次船。但这次的经历，让她对丈夫的安全愈发担心起来——

　　这一天，"华平号"行驶到老挝、缅甸交界的河段，突然，有几艘快艇向"华平号"逼近，用枪指着让他们掉头停船。背着枪的劫匪跳上"华平号"，把所有船员都赶到船头，然后在船上大肆搜刮，抢走了一些生活用品和几千元现金，才放黄勇和船员们离去。

　　从那以后，受到惊吓的妻子不再跟船，但每次丈夫出门跑船，她都要站在家里的窗前眺望丈夫航行的方向，看到丈夫的船回来，一颗悬着的心才能放下来。但 2011 年 10 月 5 日以后，她再也等不回熟悉的身影了。

3. 糯康要对我们下手？

　　一路上水流湍急、险滩众多。两岸怪石嶙峋、丛林密布，很少能见人烟，如果有暴徒藏身其间，极难发现。

　　这条抢劫与贩毒多发的"黄金水道"上，许多人谈糯康而色变。一些船员告诉我，在河中行船，不由得心生恐惧，"糯康是这条河的老大，他的人就在岸上的丛林中，随时都可能会用黑洞洞的枪口对准你。"

　　中老缅泰四国在钓鱼台会议上曾经承诺，要把湄公河打造成一条安全之河、和平之河、发展之河。但是，在我们首航的这个时段，在"10·5"血案的阴影下，湄公河尚难言安全。

根据中方收到的可靠情报，具有重大作案嫌疑的糯康武装贩毒集团潜伏在湄公河两岸，可能会在途中袭击船队。原来，为了确保这次四国联合巡逻执法安全顺利，老挝、缅甸前几天在这一河段进行了一次治安整治，与糯康集团直接交火并把他们打跑，击毙击伤了几个武装犯罪分子。恼羞成怒的糯康很有可能前来报复，所以经过这一区域必须高度戒备，防止突然袭击。

糯康到底是谁？胆敢这么嚣张，公然与四国联合执法船作对？

船老大们和执法官兵们都没有见过这个传说中的人物，只知道糯康的人盘踞在湄公河"金三角"一带，是最大的一伙江匪，干着"此路是我开，此树是我栽，要想从此过，留下买路财"的勾当。从船老大们的亲口讲述或亲身经历中，我开始知晓糯康集团的疯狂和嚣张——

2010年的一天，孟喜岛。夜幕的笼罩下，河两岸漆黑一片，哗啦啦的河水拍打着两岸，也拍打在一艘正在驶近的中国商船船身上。

"鬼门关"孟喜岛已经近在眼前，船上所有的人都在心里祈祷，千万不要被那伙匪徒发现。

"把船上所有的灯都关掉，发动机只开一台，都不要说话，希望这次能平安地过去。"船老大抹着冷汗，向船员们下了命令。

长年在这条河上跑船的人都知道，从关累码头出发往下游走130公里，就到了孟喜岛，这里频繁出没着一伙持枪的残暴匪徒，过往船只都要交"过路费"，如果稍有反抗就立马绑架、杀人。

船外，是浪花激荡的声音；船里，鸦雀无声，船员们几乎都听到了自己怦怦的心跳。

突然，一声尖利的哨音响起，仿佛要刺破耳膜。最怕来的还是来了！几盏强光齐齐对准了这艘中国商船，几艘快艇将船身团团围住，十多个黑衣人跳进船舱，用枪口打量着惊恐不已的中国船员，把他们全都赶到船头。

为首的一个精壮汉子嘴里嚼着槟榔，一撇嘴，露出血红的牙齿，在灯光下更加瘆人。他一声令下，几个手下开始在船舱的各个房间和角落翻箱倒柜，把值钱的东西都装进口袋。看到一名船员脖子上挂着金项链，一名黑衣人直接走到面前，把项链强行扯了下来。

"你们连这个也要？"这名年轻船员一脸愤怒，握紧的拳头青筋暴起。一边的船老大急了，一把扯住他的衣服，然后满脸堆着小心地走到这名黑衣人手下面前。

"他刚来没多久，不懂事，第一回见你们，不知道规矩。"船老大弓着背，大气也不敢出，偷偷观察着这伙人的表情，连声解释，生怕对方没听懂。

那个黑衣人手下抓过项链，然后一脚直接踹在年轻船员的小肚子上，踹得他半天起不来。

为首的黑衣人走过来，带着一脸得意和轻蔑的表情，说了一堆话，大致意思是：好啊，你们好大的胆子，想偷偷过去？从这儿过就得向我们交保护费，下次还想要滑头，就要了你们的命！

随后，黑衣人扬长而去，留下被洗劫一空的货船和惊魂未定的船员们。片刻才缓过神来的船老大招呼赶紧开船，离开孟喜岛很远，才长长吐出一口气。

"好险啊，你知不知道，他们是糯康的人，一群杀人不眨眼的强盗，平时只取财不取命，刚才要不是我拦着，你差点就没命了！"船老大对刚才打算反抗的年轻人说。

这是糯康犯罪集团为非作歹的一个缩影。从讲述中回到现实，一些船老大脸上仍然带着惧意。

"跑船这些年，我每次经过这里，心里都很怕，连甲板都不敢上，这次，终于可以放心走出来了。"一个船老大说。

在执法船上，全副武装的执法官兵们时刻保持着高度紧张。船上的每个人，包括我在内，都发了一件防弹衣和防弹头盔。官兵们配备的还有95式全自动步枪，船头还有两挺2.7毫米口径的重机枪。应付一般的武装匪徒应该不在话下。

我所在的53902号执法船，甲板头部和两侧的双层防弹厚钢板有近一人高，钢板厚度超过10厘米，足以抵抗普通枪弹的射击，像盾牌一样保护着船内。钢板上还有十多个射击口，如果在航行中遇到突然袭击，执法官兵将迅速布置好战术队形，在掩体内持枪还击。

重机枪手

航行中，联合巡逻执法船排出了多种队形，来护卫没有抵抗能力的商船。官兵们随时与联合指挥部、商船互通信息，掌握最新动态，密切注意河道和两岸的情况变化；夜间船队停泊时，巡逻执法船停在最外围，将10艘商船护在里面，并由四国武装执勤警察轮流在外围执勤。

执法官兵进入战斗状态

10日夜间，迎着凉爽的河风，我和公安部的几个同志站在船尾聊天，突然看见缅甸一侧岸上的山林中有手电的光亮在晃动，随即又不见了。执勤战士迅速拿出夜

重机枪手在装填子弹

视仪查看，发现岸上果然有四个人隐身密林之中，窥视着船队，但暂时没有任何行动。后来听战士们讲，这些人一直窥视了2个多小时才离去，估计是不明武装分子，对四国联合巡逻执法有所顾忌，密切监视船队的一举一动，生怕对他们自己不利。

因为有执勤的战士轮班守卫，我回到船舱放心地开始休息。我住的船舱与装有引

清洁甲板

擎的机舱仅一墙之隔，巨大的轰鸣声通过钢铁墙板清晰地传过来，与船舱一体的床铺也在微微颤抖。一直担心自己能不能在这么嘈杂的环境中睡着，但真的累了，很快沉沉睡去，直到第二天被人叫醒去吃早饭。

说到吃饭、睡觉等生活起居细节，顺便多介绍一下：船上的条件还是比较艰苦的，因为水上支队组建仅一个月，很多工作比较仓促。执法船是民船改装而成，改装的主要是执法装备。但生活设施方面考虑得就没有这么周全了，厕所里没有安装上水的设备，冲厕所全靠用吊桶从河里汲水。打上

来的河水含泥沙比较多，略微有些泛黄，不能饮用，只能用来洗脸。刷牙还是用自带的纯净水。

吃的饭菜就是船上厨房做的，有肉有蔬菜，味道还算可口。船上还有石榴、橙子和柚子，可以平衡一下船员们的膳食。睡觉的床铺是钢板，上面铺着一层薄薄的褥子，有点硬，但还可以接受。很多官兵说，船上的声音太大，吵得睡不着，听说我能睡得一夜未醒，船上的兄弟们纷纷对我的这一"睡功"表示钦佩。

船上二层有无线网络，靠近驾驶室的地方信号最强，但是连通后速度极慢，一个网页需要1分钟左右才能打开，无奈只能忍受。我平时除了传稿子，几乎不用来上网。两岸山林高峻，手机信号极弱，更多河段没有任何信号，就连海事卫星的信号也时断时续。可以想象，当过往船只遇到危险时，

10日深夜，作者在船上与公安部办公厅处长张景勇商量稿件写作（赵飞　摄）

叫天天不应、叫地地不灵是多么让人绝望。

就要经过"鬼门关"了，糯康会对我们的船队下手吗？

4. 孟巴里奥惊魂

11 日 10 时许，我们的船队从老挝班相果码头继续出发。

从这一河段开始，河道更加危险，河水变得浑浊，险滩、急弯更多，两岸情况也更加复杂。这里曾经多次出现不明武装分子强行检查、抢劫、袭击来往船只的情况。2010 年，糯康集团在缅甸大其力县万崩地区附近的湄公河上袭击缅甸警方巡逻队，造成 13 人死亡、2 人受伤。

在 10 日晚间，四国巡逻执法指挥官综合各方面情况，对安全形势进行了研判，就如何应对可能遇到的突发情况作出

作者在"红色警戒"状态时采访（赵飞　摄）

周密部署，对船队的编队顺序和队形也进行了调整。

河道中航行的其他船只明显增多，有中国的船只，也有其他国家的船只。装载着货物的商船，有的从下游溯流而上，有的顺流而下，甚至有的商船还跑在了执法船的前面。这让人感觉到，联合巡逻执法给老百姓心理上的作用还是比较大的，对航运安全的信心开始恢复。

但是，指挥室多次下达"红色警戒"命令，要求武装执勤人员全体就位，通过掩体的射击口查看船外的情况，全体人员不得在船上掩体外活动。

12时30分许，船队接近整个航行中最为危险的"孟巴里奥"浅滩。这里貌似平静，其实险象环生。河道狭窄，暗礁林立，加上正值冬季枯水季节，水位下降明显，这里的水深最浅仅有1米，过往船只稍有不慎，就有可能搁浅。

穿越孟巴里奥浅滩时，执法官兵在甲板上用竹竿试水

船队先派出小船试水，然后引导随后的大船逐一缓慢通过。大船的船头站着船员，手持长长的竹竿试探水的深浅，测量完后示意通过。尽管如此小心，还是有一艘执法船和一艘商船不慎搁浅，但都很快恢复了正常航行。

14时许，船队所有船只驶过孟巴里奥浅滩，继续前进。

指挥室再次下达"红色警戒"命令，要求加强警戒，密切注意河道及两岸的情况变化，全体人员必须穿戴好防弹衣和头盔，严禁在掩体以外活动。官兵们按战术队形迅速就位，子弹上膛，枪头伸出射击口之外，全神贯注地注视着外面。

我从船舱里向两岸望去，满眼茂密的丛林，仿佛是天然的掩体。再看看船上掩体内严阵以待的官兵们，让人感到似乎密林里隐藏着什么人，或许也在用黑洞洞的枪口对准我们，密切监视着执法船队的一举一动。

此时，由于此处水位较浅，行船速度比较缓慢，一旦遇袭，短时间内很难跑出岸边的火力范围，如果搁浅，更将成为活靶子。

一时间，气氛变得凝重，出现整个首航以来从未有过

执法官兵进入战斗状态

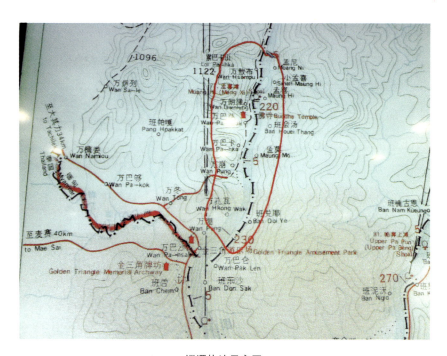

巡逻执法示意图

的紧张状态。一直到 16 时 30 分左右，船队来到一段比较宽阔的河面，"红色警戒"命令才解除。

　　整个首航行程中，也许是糯康集团对四国军警联合执法的忌惮，也许是严密的布控防范让匪徒无从下手，我们没有遭到任何武装袭击。但是我后来得知，随后几次的联合巡逻执法期间，还是发生过几起袭击。

　　2012 年 1 月 4 日凌晨，"宝寿 8 号""宝寿 9 号"等中国货船停靠缅甸万崩码头过夜时，非法武装向船队发射了火箭弹，第一枚落入水中，第二枚在船只附近爆炸。船主通过海事北斗系统报警求救。中方与老方联系协调后，老方派出 15 名战斗队员乘船赶到，采取编队护航的方式，护送中国货船安全离开危险水域。

2012 年 1 月 14 日晚，中国籍货船"盛泰 11 号"报警称遭到不明身份人员的枪击，中方迅速与老方联系，协调老方驻扎在事发地附近的军人前往处置。16 日，中国执法船护送"盛泰 11 号"安全回国。

这几起事件，后来查明确系糯康集团所为。糯康对联合巡逻执法十分忌恨，专门研制了手机遥控炸弹制造爆炸事件，并试图袭击船队，所幸未造成严重人员伤亡。这些都是后话。

11 日 17 时许，我们的船队来到老缅泰三国交界的水域，也就是"金三角"的核心地区。金色的大佛就在眼前，三国的码头上都站满了人群，一片人声鼎沸。对于这里的人们来说，四国联合巡逻执法，确实是破天荒头一回。

交接工作就在这里完成。从中国关累港一直随船队来到此处的三名泰国执法人员登上泰国的执法船，继续护送 10 艘中国商船前进。泰国方面高度重视，舰船来了 10 艘，空中还有直升机盘旋，直到交接工作结束才随着船队远去。

中国方面也十分重视。从船上的视频系统里可以看到，坐镇后方的公安部副部长孟宏伟一直紧张地关注着交接工作，与 53901 号的指挥员随时交流情况、下达命令。

18 时许，交接完毕，缅甸的执法船离开，中国、老挝的执法船在老挝金三角经济特区靠岸。

当日，10 艘中国商船安全顺利抵达泰国清盛港码头。

5. 金三角特区很"中国"

我们靠岸的地方正是金木棉码头。老挝的有关领导已经

在金木棉码头靠岸

等候在码头迎接，码头道路两边是夹道热烈欢迎的人群。我忽然感觉到，一直绷紧的神经，此刻可以放下来了。

登上码头，就进入了金三角经济特区。跟着公安部的领导，我上了岸，坐上接我们的车，沿着平整的公路，一路来到金木棉花园酒店。

金木棉特区的道路

司机是中国人，金木棉公司的员工。他一边开车，一边向我们介绍特区的情况。酒店周围的建筑很漂亮，有满清皇室风格的，有苏州园林风格的，颇有中国特色。路上跑的好车不少，宝马、奔驰、别克都可以见到。下了车，所见大部分都是中国人，说着中国话，若不是已知这里是老挝，还真以为到了中国大陆。听说这里几年前还是一片荒芜，正是建立特区之后，发展才日新月异。

　　酒店门口挂着两幅很有中国特色的标语，"远离毒品，亲近美好生活。金三角经济特区治安局宣"和"坚决查禁毒品，维护社会稳定。金三角经济特区治安局宣"。

　　进去酒店，一上二楼，就看见老挝人民军副总参谋长波相将军在欢迎中方一行。波相的身旁，一位穿着笔挺西装、

金木棉酒店大门口的标语

打着红色领带的老人，用带着东北口音的普通话做着介绍。

老人告诉我们，听说本来执法船要在孟莫码头停靠的，他去看了一下，那里条件不好，所以特意协调安排，老挝的领导就在这里设宴款待。

进了房间，发现这里面的摆设和国内的酒店几乎一模一样，电视里播放的是中国中央电视台的新闻，桌上摆着的是简体中文的杂志和画册，杂志的广告居然包括中国红酒和北京音乐厅的演出。那一刻，让我有一种错觉，中国，北京，离这里并不遥远。

翻开画册，里面有中央电视台新闻访谈文字实录，看见访谈照片，才知道刚才那个老人就是金木棉集团有限公司老板、老挝金三角经济特区管委会主席赵伟。他是中国东北人，在老挝金三角经济特区拥有除了外交、军事、司法以外的所有权力。特区的酒店、宾馆、公路、广场、码头，以及众所周知的金木棉赌场，都是他投资所建。赵伟在访谈中说，今后还要建飞机场，将特区变成一个旅游天堂。

糯康的阴影总是无处不在。我得知，在2011年4月2日，金木棉公司的10多名中国员工被糯康集团绑架勒索，在交纳了830万美元的巨额赎金之后，才得以安全脱身。后来，这起"4·2"案件也与"10·5"案件一道，成为在法庭上对糯康等人的罪行指控。

关于"4·2"案件，当地还流传一种说法：金木棉赌场2009年开业之前，"金三角"一带最风光的就是缅甸大其力的天堂赌场，据说糯康和一些当地的显贵在天堂赌场都有股份。2009年金木棉赌场崛起，天堂赌场风光不再，客源和收入大幅减少，这让糯康等人怒火中烧。于是，他派人找金木棉赌场收"保护费"，但吃了闭门羹。感到大丢面子的糯康决定来点硬的，指挥手下制造了"4·2"劫船绑架案，并在事后放出话来："不是为钱，就是要给中国人'上一课'！"

可见，糯康已经将"金三角"视为自己的势力范围，谁想从中分一杯羹，就将招致疯狂的报复。

我在房间里洗漱了一番，洗去在船上连日的泥土和疲乏，洗头时发现自己的头发都油得粘在一起了，这是自12月7日从北京出发以来洗得最舒服的一次澡。

无意中，我打开手机看到，这里居然有中国联通的信号，酒店人员说打电话和国内一样收费，于是我赶紧给国内打了几个电话。再用手机一搜索，居然有七八个电信运营商的信号，有老挝的，有缅甸的，也有泰国的。

"金三角"，三国交界，各种势力混杂，各家必争之地，从中可见一斑。

19时，大家在酒店门口集合，登上一辆国产"金龙"大客车，来到晚宴的地点。

走进晚宴地点，不禁让人眼前一亮：超大的包间金碧辉煌，包间一侧是台阶，台阶上有一个金灿灿的龙座，与故宫里的皇帝龙座极为相似，两边还立着铜鹤宫灯。龙座下的台阶铺着红地毯，包间里还有四根四方形的柱子，四面均雕刻着传统的中国龙，光彩夺目。大家围着圆桌坐的椅子也有雕着龙头的金把手。

晚宴的主位坐的自然是波相，波相左手边是赵伟，右手边是主宾——此次联合巡逻执法的中国指挥员。其余宾客依次落座。双方致辞之后，晚宴开始。上的菜和国内的宴席没什么两样，一些菜还具有东北特色，虽然在国内的一般宴席上也能吃到，但在这里尤其显得高档而丰盛，最后一道菜——果盘也完全是按中国国内的习惯摆的，包括西瓜、木瓜、菠萝等。最后，中老双方交换了礼物，气氛友好融洽。

20 时 30 分，晚宴结束，大客车把我们送到码头，大家返回船上。

12 日一早，我们开始返航。

其实在 11 日交接之后，中方的巡逻执法任务就算完成了，我的报道任务也相对轻松多了。所以，我有时间来到驾驶室与 53902 号船长张世松聊天。

张世松是重庆人，看起来年纪不大，已经在这条河上跑了 14 年船。湄公河跑船的大都是来自云、贵、川的人。在湄公河行船，除开被袭击的因素以外，主要是险滩多，暗礁、急弯也多，前几年还听说出过沉船事故，这几年好像没有发生过。但是搁浅是经常有的，如果搁浅，只能靠别的船帮忙拖出来。

张世松说，多年跑得熟了，自然对这条河的"脾气"也摸得熟了，哪里有暗礁，哪里有险滩，都记在心里了，记这些东西主要是以两岸的山形变化、岩石和植被特点为参照物。

"你看，现在我们过的河段叫'三颗石'，就是一小两大三处石头横在河道中。"张世松说，还有一个辅助方法，就是观察河道中的水流，据此判断确定安全航线。

2011 年的"4·2"案件中，中国货船"渝西 3 号""中油 1 号"和"正鑫 1 号"被糯康集团的人劫持到"三颗石"，

15 名中国船员被扣为人质，勒索了 2500 万泰铢（约合 495 万元人民币）赎金。同年 8 月 23 日，也是在"三颗石"河段，糯康集团持枪拦截中国游船"金孔雀 1 号"，抢劫游客财物价值 8 万余元人民币。

张世松又指着前面的老挝执法船说，老挝对我们还是很友好的，你看这次返航，他们专门派船送我们一程，这是兄弟般的感情。

有着十余年湄公河跑船经验的张世松（左二）面对湄公河上的险滩、暗礁，丝毫不敢马虎

这几年中国对老挝帮助很大，老挝发展很快，前几年这里水、电都不通，连路也没有，现在都建起来了。

聊着聊着，转眼到了午饭的时间，中午的饭菜比前几天都好，还有烧茄子和红烧肉，味道都不错。

船行到这一河段，两岸都是高山，海事卫星电话的信号时断时续，手机信号又没了，我开始在电脑里记录这几天的行程。

16 时 20 分，指挥室又一次下达加强警戒命令，全员戒备。

16 时 30 分，船行到一处河段，水流十分湍急，由于是逆流而上，船的动力与河流的冲力正好持平，一时间，船困在河中来回摆头。加之此处河道十分狭窄，两岸都是突出的岩石，前方又有一个急弯，大家的心都提了起来。经验丰富的船长左右转舵，10分钟后，53902号终于摆脱了困境，开足马力返航。

12月12日晚睡得不错，13日醒来一看表已经9点，船已经开动了，轰隆隆的引擎声也没震醒我，前来叫我去吃饭的同志对此再次"敬佩"不已。

船队一路向北，天气却逐渐转暖，一改前几日的阴冷，阳光透过树荫的间隙照下来，显出一道道光晕，船上人员都很兴奋，因为就要回国了，在船上待了好几天，终于可以上岸了。后方传来消息说，公安部和云南省在关累码头上准备了隆重的欢迎仪式，这让大家更加期盼。

15时10分许，路过中老缅三国交界处的244号界碑，

首航归来（赵飞　摄）

首航归来（赵飞 摄）

首航归来（赵飞 摄）

首航归来（赵飞　摄）

这就标志着我们安全顺利地回到了祖国的怀抱，大家纷纷出来站在船头照相留念，船上一片欢声笑语。

老挝的执法船一直送我们到这里。此前，其他国家的巡逻执法船已先后顺利返回本国港口。

老挝巡逻执法船的指挥官坎万不无感触地说，四国联合巡逻执法，维护湄公河流域的安全稳定，符合沿岸各国人民的共同愿望，也是四国的共同利益和共同责任，是一种互利多赢的好模式。

16时40分许，关累港码头在望，远远可见岸上的同胞怀抱鲜花等待着我们。此刻，我敲击键盘，向总社传回了此次首航的最后一条新华社通稿。

我写道："在为期四天三夜的首航任务中，四国巡逻执法人员密切协作，并肩作战，护送10艘中国商船如期安全抵达目的地。中老缅泰湄公河联合巡逻执法首航全线安全圆满成功，开创了中国与周边国家执法安全合作的新模式。"

踏上祖国土地的那一刻，我的心踏实了。回家的感觉，真的很好。

但是我流泪了，想起那13名遇害同胞，再也无法见到在岸边等待他们的亲人了。

"左膀"和"右臂"被斩断，四面楚歌的糯康大势已去。

宜将剩勇追穷寇。专案组联合缅方对糯康的藏身地开展一次又一次清剿围捕。主要目的，就是让糯康的藏身空间越来越小，不得不渡过湄公河进入老挝境内。而在那里等待着他的，是中老警方早已织就的天罗地网。

四、四擒糯康

1. 传说中的大毒枭
2. 小人物的大作用
3. 初战失利，从头再来
4. 不能"斩首"，要抓活的

四擒糯康

1. 传说中的大毒枭

明线的任务已经完成，更为复杂艰巨的暗线任务还在艰难破冰。

2012 年 5 月，专案组组长、公安部禁毒局局长刘跃进在接受我的采访时说："回顾本案，犯罪过程发生在境外、案犯为外国人、侦查抓捕全在境外，这样的案子为中国首例，没有任何先例和经验可以借鉴，当时看来几乎是一个不可能完成的任务，难度空前。"

时势造英雄。面对如山重任，刘跃进带领着他的英雄团队接下了这块史无前例的"硬骨头"。

54 岁的公安部禁毒局局长刘跃进，从警已有 30 年，从基层刑警到公安部正厅级官员，身兼资深刑侦专家和熟谙禁毒工作的双重优势，正是出任湄公河"10·5"案专案组组长的不二人选。

专案组成立伊始，刘跃进定下了办案的原则："中国是礼仪之邦，办案工作要始终严格遵循和平共处五项原则来处理国际事务，要充分尊重他国的主权。"

刘跃进和他的队伍遇到的第一个难关，就是确定犯罪嫌疑人。

让我们梳理一下当时摆在专案组面前的线索：

1. 案发的中国船上发现大量毒品。

2. 有目击者提供情况，在缅甸和老挝交界处的孟喜岛附近，看到中国两条大船在几艘快艇的押解下，往下游泰国水域驶去，船上有背枪的武装人员；在案发现场，也有目击者看见一伙黑衣人从中国的船上跳下，乘坐快艇离开。然后，岸边的泰国军人才开枪射击、登船。

毒品来自何处？这伙黑衣人是什么人？

"金三角"地区是全世界治安最混乱的地区之一，军方、警方、地方武装、土匪、贩毒组织……各种势力交织在一起，又是三国交界地带，处于半无政府状态。近年，湄公河连续发生袭击商船尤其是中国船只的案件，2008年以来截至湄公河"10·5"案件案发，共接到案件28起，有抢劫、劫持、袭击、敲诈勒索等，诸多证据显示是盘踞在湄公河沿岸的糯康武装贩毒集团所为。

除了糯康集团以外，还有其他几股势力。但糯康集团是其中名头最大、作案最多的，手下人作案时通常穿着黑衣、坐着快艇。

同时，"4·2"案件的一些细节也引起了专案组的注意：被绑架的中国商船"渝西3号"船长冉曙光和"金木棉3号"船长罗泽富都曾被捆手蒙眼，受到武装歹徒的残忍折磨，被逼承认自己贩运毒品，直到歹徒收到了巨额赎金，冉曙光和罗泽富才被放回去。

绑架期间，这伙歹徒留下话来："我们就是糯康的人，回去告诉你们老板，以后放聪明点！"

经过反复分析，专案组把糯康武装贩毒集团的嫌疑排到了首位。

那么，糯康究竟是何许人也？除了"盘踞'金三角'水域的最大武装团伙，贩毒、运枪、劫财、绑架、杀人"等信息以外，专案组掌握的糯康集团情报，就是一张20年前国际刑警组织通缉糯康的旧照。

近年来，多个国家也都在通缉糯康，但都是"只闻其声不见其人"。传说中的糯康现在什么样？是否已经更名改姓？领导这个犯罪集团的是糯康本人，还是有人借糯康之名？一切，如同大海捞针，又如同捕风捉影。

第一步，必须派人深入"金三角"，了解尽可能多的情况。10月4日，专案组成员、西双版纳州公安局副局长李波率领工作组奉命出发了。

"金三角"地区鱼龙混杂、枪毒横流，看似波澜不惊的打探实则危险重重。

我曾经见过一些"金三角"的村寨。这些村寨大都沿河而建，房屋低矮破落，石板路

糯康当年的通缉照（资料照片）

高低不平，街市里扔着腐败的瓜果和生活垃圾。据进入其中的同志介绍，里面赌博的摊子很多，时不时就听见赌棍们的吆喝声；还有一些身材瘦削、眼圈泛黑的吸毒者，穿着褪了色的衣服坐在屋前。从这些当地人面前经过，会引来狐疑、异样的目光，盯着你看上好久。

当时，湄公河沿岸许多村寨还是糯康的地盘。为了掩饰身份，工作组一行三人进行了一番化装：开着租来的摩托车，穿着旧 T 恤、大裤衩，脚蹬拖鞋，自称是去当地种橡胶的商人，走村串寨和当地百姓谈租地的事。他们在拉家常、扯闲话中打听糯康的线索，往往聊了几个小时，双方熟一些了，看到对方的戒心放下了，才装作不经意地问一个实质性问题，问完就赶紧岔开，免得引起注意、暴露身份。

工作组的侦查工作艰巨而细碎，他们需要观察每个村寨的地形和居民活动情况，每个路口、每栋房屋，甚至包括民房的高度、房间数、居住的人数、与糯康集团是不是有关系……有时候，仅仅一条路就来回走了十几趟。

大大小小的村寨，或明或暗的侦查，李波等人掌握的线索一点一点多了起来。村民中很多人是赌棍或者吸毒仔，他们中间有人透露出消息：糯康确实在这一带活动。

"糯康就在这里！"这个情报，对于工作组来说喜忧参半。喜的是终于找到了糯康的下落；忧的是糯康集团在当地称霸多年，一旦暴露身份，三人将面临杀身之祸。

三位有着典型中国面孔的不速之客，多少会引起当地人的注意。而且三人身处明处，不仅要面对当地的毒虫蛇蝎、高温潮湿，还要时刻提防藏身暗处的武装毒贩。糯康集团在当地根深蒂固，在田里劳作的村民、在河边洗衣服的村妇、在寨子里四处逛荡的吸毒仔，说不定都可能是糯康的眼线。因此，三人的落脚点必须不断变换，住宿的旅馆尽量找偏僻的所在，房间破落、蚊虫叮咬、被褥发霉什么的都顾不得了，两三天就得换一个地方，有的敏感地区住一个晚上就必须马上转移。

李波后来才知道，他们当时的处境用"杀机重重"来形容毫不为过。工作组在当地的活动的确让糯康有所察觉，而且他们与凶狠暴戾的糯康本人不止一次擦身而过。工作组在某个寨子里摸排线索，可能在背后不远处就会有充满敌意的目光监视着他们。有一次，工作组找到当地一个30多岁的哈尼族汉子了解完情况，前脚刚走，糯康后脚就上门问话。后来，工作组折返回来进一步了解情况时，这个人什么也不敢说了，一个劲地求李波他们别来了，"否则糯康他们会杀了我的"。

糯康被捕后，李波曾经对糯康进行面对面审讯，刚一进去审讯室，糯康就诡异地笑了，直接说："我见过你。"随后，糯康准确报出了当时李波所在寨子的名称。

更让人后怕的是，糯康当时随身携带着长枪、短枪和弹药，包里还有两颗手榴弹，身边跟着好几个全副武装的马仔，附近还有100多人散布在各个村寨里，只要糯康一声令下，杀掉没带任何武器的工作组三人可谓是轻而易举。

糯康后来在审讯中说，他已经猜到了工作组的身份，认为他们就是为中国船员被害的事情来的，但仅仅是调查而已，没有想到中国会下那么大的决心，最后会直接来抓他。因此，已经有所警觉的糯康最终没有在自己的地盘上对工作组下手。

虽然糯康表示自己没有下令干掉身份可疑的"三个中国人",但工作组还是遭遇过"黑枪"——11月上旬的一天夜里,李波三人骑着摩托车对某个目标人物进行"盯梢",经过一处树林边,突然"砰"的一声,不知从什么地方射来一枪,子弹在一名侦查员的耳边飞过。

"不好!被发现了!"李波和同事情急之下,把油门一脚踩到底,以最快速度远离树林,只听得身后枪声不断,打得摩托车后面噗噗直响。三人等到听不到枪声了,下车一看,人都没中枪,但摩托车上有好几个深深的弹孔,每个人都惊出一身冷汗。

到底是什么人打的"黑枪"?工作组分析,肯定是当地非法武装分子打的,也许糯康确实没有下令,但手下人发现不对劲,自己就决定开枪了。

"应该是很明显了,我们在寨子里进进出出,已经闯入了糯康在当地的眼线网,走到哪里都有可能被人在身后拿枪瞄着,确实是提心吊胆。"李波回忆。

冒着生命危险,工作组走过一个个村寨,一点点收集线索,传说中的糯康再也不只是一个模糊的轮廓了。关于他和他的犯罪集团的一手资料,被工作组悉数带回。

2. 小人物的大作用

知己知彼,方能百战百胜。专案组在仔细分析、反复考虑后,选择了第一个突破口——首先找到与糯康集团有联系的人，进而切入这个组织掌握其更多情况。

2011 年 11 月，根据有关情报，专案组锁定了缅北的一名毒贩，此人来往于中老缅等国，人脉较广。当地传闻中，糯康集团控制着"金三角"贩毒水路，那么从理论上说，跑这条线的毒贩应该和糯康集团发生联系。

后来回过头看，专案组的这一选择，对于整个破案工作来说，是多么关键和重要。一个看似不起眼的小人物，成为整个案件凿破冰山的第一个缺口。

刘跃进调兵遣将，指挥专案组民警化装潜伏、严密布控，待此人进入中国境内时将其秘密抓捕。审讯了一周以后，这名毒贩承认，他的大量毒品要从湄公河上运输，凡是在湄公河上运输毒品都要给糯康集团交保护费，否则就别想走，所以他经常在湄公河上与糯康集团的人接触。

这名毒贩还供出了经常和他打交道的糯康集团人员——岩相宰，糯康集团的一个小头目，手下有几条专门运毒品和非法物资的船，每隔十天半个月就会从"金三角"溯流而上到缅甸第四特区。巧的是，这两天岩相宰就会从下游上来。

机不可失，专案组联手相关国家警方设下埋伏圈，在岩相宰的船经过时将其成功抓获。

需要特别介绍的是，抓获岩相宰的地方是境外执法的灰色地带，为了将岩相宰押解回国审讯且不打草惊蛇，要冒双重危险，因为可能会遭到当地武装毒贩袭击，不知情的外国军警也可能会阻拦。专案组民警想了很多办法，联系相关国家警方，最终成功将岩相宰秘密押回。

岩相宰起初心存侥幸，连续的审讯之下，他才交代自己确实是糯康集团的成员，以及他本人怎么加入、重要成员都有谁、如何分工……更大的收获是，他透露了一个重要信息：他的顶头上司、糯康集团三号人物依莱，曾经神秘而得意地告诉他——湄公河杀死中国船员的那桩案子就是我们做的，你知道就行了，千万不要说出去，如果走漏了风声就要你的脑袋！

到这里，专案组的判断得到了初步证实，下一步，就是向糯康集团发起更大攻势。

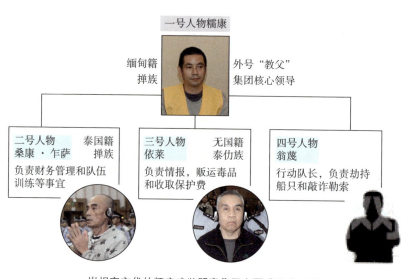

岩相宰交代的糯康武装贩毒集团主要成员分工图

依靠岩相宰的口供，糯康集团的组织架构在专案组的分析下逐渐明了：一号人物糯康，整个犯罪集团的核心人物和"老大"；二号人物桑康·乍萨，负责集团的财务管理和具体分配；三号人物依莱，负责水上运输和对外联络，也是出谋划策的"军师"；四号人物翁蔑，集团的行动队长，负责河上巡视以及绑架、劫船、杀人等。

糯康的指挥部设于湄公河老挝和缅甸交界处的江心小岛

孟喜岛，沿岸有百余名武装人员巡查警戒。这伙人一边贩毒牟利，一边以保护费为名勒索过往船只。

专案组的下一个目标，对准了岩相宰的直接上司、三号人物依莱。

尽管此前对依莱一无所知，但专案组经过细致工作，千方百计找到了蛛丝马迹——依莱，1957年10月21日生，有一定文化程度。案发前，他频繁出没于孟喜岛、泰国和老挝等地；案发后，他一直在老挝万象躲藏。通过老挝方面的公开合作和秘密工作，专案组锁定了他在万象的具体位置，还获取了一个珍贵情报：2011年12月12日，依莱和他的儿子租了一辆旅行社的车，正在从老挝的万象去波乔省的路上。

专案组协调相关国家警方，在依莱的必经之路布下"口袋"。一场精心设计的抓捕没有落空，依莱束手就擒。

依莱一开始拒不配合。54岁的他经历丰富、见多识广，给专案组的感觉是老奸巨猾。依莱其实很清楚自己为什么会被抓到中国，但却一口咬定，关于"10·5"案件他是从别人那里听来的。

指挥部调整了审讯策略，根据已经掌握的情况，出示警方搜集到的证据，一

2011年12月13日，晚上，三号人物依莱在被押解途中

步步深入追问，例如，2011年10月份或者更早你在哪里，谁能证明等等，从依莱的回答中查找矛盾和漏洞，让他对这些矛盾的地方作出解释。

经过一周多的艰苦审讯，直到专案组"无意"让他看见了案发当天他布置在湄公河岸边的一个眼线，其心理防线才开始崩溃，陆续交代了糯康组织内部构成、他本人的角色分工等情况。

令专案组惊喜的是，依莱交代了自己是"10·5"案件具体的组织参与者之一，也交代了糯康集团和泰国军人勾结策划实施湄公河"10·5"案件的大致情况——

"华平号"和"玉兴8号"这两条中国商船，长期在湄公河上走，却从来不给糯康交保护费，糯康很生气，几次托人带话给船主"来谈谈"，但船主没去，糯康认为自己没被放在眼里。2011年9月21日，缅甸军方征用中国商船，突袭了糯康组织在孟喜岛的指挥部，打死打伤不少人，糯康咬牙切齿，更加怀恨在心，下决心报复中国商船。

实际上，"华平号"和"玉兴8号"并不是被征用的中国船，但糯康集团错误地以为是，并且已经跟踪盯梢了一段时间。

依莱平时负责对外联络，和泰国黑社会比较熟。糯康让依莱通过黑社会与泰国军方取得联系，商量合伙搞点事：糯康在湄公河劫持中国船只，放毒品栽赃，然后押解中国船只到泰国水域，由泰国军方假装查获毒品，并向上级申请立功授奖。泰国军方答应，事成之后在清盛码头给糯康集团进出提供便捷，并贩卖枪支弹药给糯康集团。双方各取其利，一拍即合。

依莱还交代了糯康召集开会、在两岸布置眼线、选择停船杀人地点，二号人物桑康·乍萨和四号人物翁蔑率领手下劫持中国船只、捆绑和杀害中国船员、逃跑等一些作案细节。

同时，越来越多情报和资料汇总到专案组，关于"金三角"、糯康本人及其犯罪集团的轮廓更加清晰起来——

"金三角"95%以上都是山区，丛林密布、道路崎岖，泰国、缅甸、老挝三国居民以及国民党残部后人混居于此，是名副其实的"三不管"地带。

毒品几乎是"金三角"的代名词，围绕毒品的收购、提炼、走私异常猖獗。从20世纪五六十年代开始，二三十个人、七八条枪就可以占据一个山头，建立自己的势力范围。最鼎盛时期，"金三角"地区活跃着数以千计的武装贩毒集团。

毒品衍生了赌场以及非法军火交易。为了争夺经济利益，各个大大小小的"山头"时常发生火并，你方唱罢我登场，城头变幻大王旗，加上黑白两道的明争暗斗，使得这一地区更加错综复杂、混乱不堪。

"金三角"是冒险家的乐园，曾经产生了许多另类的"英雄"，特大毒枭坤沙就是其中之一。坤沙本名张奇夫，祖上是中国云南人，父母是缅甸掸邦的贵族。经过多年苦心经营，坤沙在泰缅边境建立了一支数千人的武装力量，以保护其巨大的毒品生意。

1986年，一名17岁的年轻人加入了坤沙的部队，他就是糯康。由于生长在"金三角"的环境之中，糯康对当兵打仗、贩毒赚钱、招兵买马、自立门户等"生存法则"谙熟于心，加之头脑灵活、精通当地方言，糯康得到了上司的赏识，被提拔做了一个小头目。

苦苦支撑了十年后，在 1996 年，坤沙的部队在佤邦联军、缅甸政府军和泰国政府的联合围剿之下，陷入四面楚歌的绝境，不得不向缅甸军政府投降。2007 年 10 月，叱咤风云的一代毒枭坤沙病死于仰光，终年 74 岁。

糯康跟随坤沙的部队一起投降后，得到了缅甸大其力地区北部小镇红列镇民兵团领导人的职位，一直保持到 2009 年。但是，在坤沙手下"见过大世面"、不甘心当农民的糯康野心勃勃，利用在坤沙手下学到的军事才能，披着民团领导的合法"外衣"，开始重新收编坤沙武装残余人员，逐步发展成员多达 400 余人。他的集团据点众多，每个据点人数 15 至 30 人不等，配备 AK 冲锋枪、M16 步枪、手枪、火箭筒、机枪、手雷等，自 2004 年以来，湄公河水域就有 20 余人葬身于该团伙的枪口下，大量财物被劫。

深谙"金三角"生存之道的糯康，与当地各种力量都保持着利益往来，并与当地少数民族武装组织相互勾结、迅速壮大，逐渐形成以贩毒、敲诈勒索为生的黑恶团伙。短短数年间，糯康就从当年坤沙手下一个不起眼的小角色"接班上位"，成为当地最大的武装贩毒集团首领，甚至还得到了一个绰号——"金三角新教父"。

"回村寨是老百姓，在湄公河一上船就是盗匪"。糯康势力的快速膨胀，逐渐成为泰国、缅甸、老挝等国家的心腹大患。尽管三国政府都将糯康列为重要的通缉犯，但在"金三角"一带，没有人相信糯康哪天会被抓。

2006 年 1 月 10 日，当时的缅甸军政府突然采取行动，对糯康在大其力的仓库和工厂进行大扫荡，缴获150件武器以及一条安非他命药丸的生产线。然而糯康及一些骨干分子因为一些内部人士的"通风报信"而安然逃脱。等风声过后，没伤筋动骨的糯康集团又回到了大其力地区。此后，糯康改变了制毒贩毒的单一赚钱模式，他将手下的七八十名武装分子派往更接近湄公河的区域，向过往船只收取保护费。而且，一心想当老大的糯康连"同行"也照打不误，灭了一些跟他抢生意的小"山头"之后，糯康的"江湖地位"不断巩固，成为湄公河上名副其实的霸主。

此时的糯康，也越来越重视给自己找"保护伞"。他盘踞于湄公河两岸，通过重金贿赂缅甸政府军高层、勾结拉祜族民兵团，在"金三角"地带长期横行，进行制贩毒品、绑架杀人、抢劫商旅、敲诈勒索、收取保护费等犯罪活动。当地传言说，糯康在缅甸的很多赌场都有股份，他每年贩毒、抢劫、绑票和收保护费所得的收入，有不少要向他背后的"保护伞"进贡。因此，糯康与"金三角"地区的部分军政要人有着密切的联系。

2008年2月25日，糯康集团在老挝"老岳哥"附近水域公然开枪扫射我云南省西双版纳州公安局外出工作的巡逻快艇，造成我两名民警和一名船员重伤。据缅甸媒体及老挝和泰国政府的一些消息人士透露，糯康此举的目的在示威，因为在湄公河一带数量最多的商船都来自中国。

西双版纳州公安局澜沧江水上分局民警秦华是那次遇袭事件的亲历者之一。他回忆说："枪击持续了七八分钟，后来弹道痕迹报告显示，击中船身的子弹就有26发……"

面对我的采访时，他还掀起衣服，露出腰部大小不一的数道疤痕，那是做手术留下的伤口，"当时我的腰部被子弹穿透，肠子都流了出来……"

糯康在湄公河上越发肆无忌惮，2009年到2010年间，曾悍然击沉中国船只。2011年3月，佤邦领导人的外甥被糯康绑架，支付190万美元赎金后获释。2011年4月，他又绑架了10多名在金三角经济开发区工作的中国人，在拿到巨额赎金后才放人。

由于糯康等武装暴力犯罪组织的存在，湄公河这条被誉为"东方多瑙河"的黄金水道变成了"魔鬼水域"，严重威胁着沿岸各国经贸往来和民众正常生产生活安全。特别是湄公河"10·5"血案之后，河上航运锐减95%。

糯康在湄公河流域为非作歹之时，曾放言不喜欢中国人。专案组分析说，糯康表面上声称因为中国人船好货多还便宜，抢了当地人的生意，但实际上是因为中国政府在缅甸北部大力推进毒品替代种植计划，对于糯康团伙的毒品生意相当于釜底抽薪。

不仅对外人残暴异常，糯康为了控制部下也是手段狠辣：一是用毒品。糯康勒令集团成员必须吸毒，他自己也不例外，有时候会发给手下一些毒品作为"奖赏"，用毒瘾来强化手下对自己的依赖。

二是用钱。糯康给手下人定期发工资，"干得好"的人还有赏。根据"工作岗位"的不同，发钱多少也不一样，有的长年跟在他身边的马仔一个月可以拿到一万泰铢；有的平时在寨子里生活、有事招呼就过来的"临时工"，一个月可以拿到 3000 泰铢左右。

三是用暴力。糯康制定的刑罚极重，如果哪个手下不听招呼或者"做事"不力，轻则被打伤打残，重则直接枪毙。而且糯康本人喜怒无常，碰到心情不好的时候，哪怕是一点点过错，也可能被直接处死。面对这样一个暴君型的头目，手下人也是提心吊胆，时时察言观色、小心伺候，生怕一句话惹得"老大"不爽，自己的小命难保。

专案组的对手，就是这样一伙凶残暴戾、组织有序、装备精良且占据天时地利的武装悍匪。

3. 初战失利，从头再来

法网收紧，直逼糯康。

事实上，糯康自己也深知"中国很生气，后果很严重"。他后来在供述中说，这件事情做大了，做错了，这个地方（原指挥部所在地）已经待不成了，把工资和安家费发给手下散伙。

惊恐不安的糯康自己也搬家了。湄公河"10·5"案件发生之前，糯康的指挥部设在老缅边界靠近缅甸一侧的一个叫散布岛的小岛上，就在孟喜岛旁边，属于缅甸大其力县；"10·5"案件之后，糯康放弃了这个指挥部，跑到老挝开辟了新的营地。他本人则经常在缅甸、老挝、泰国之间来回流窜，不敢在一个地方停留得太久。

这样一来，专案组也不知道，行踪飘忽、人脉极广的糯康究竟藏身在何处？

由于所有的工作都在境外，我国专案组单方直接侦破面临诸多难题，必须取得所在国家的支持。早在1985年，我国政府就申请加入了《国际禁毒公约》，此后也先后与缅甸、老挝、泰国签署了相关司法协助条约。

在公安部直接指挥下，专案组分成调查访问、情报搜集、国际合作、联合抓捕等多条主线，转战于老挝、缅甸和泰国等多个地区，多种手段综合运用，时刻保持主动。

第一个出发的是赴老挝工作组，公安部禁毒局办公室副主任于海斌任组长，2011年11月21日抵达万象。

很快，工作组与老挝警方和军方建立了定期会晤机制，经常交流情报，老挝指定人员与工作组专门对接，可以24小时随时联系。

老挝警方还提供了六副万象市车牌，老挝军方提供了10张汽车特别通行证，所有军警人员不得上车检查。在不违反老挝国内法律的情况下，老方对中方的要求几乎有求必应。

在老挝方面支持下，中老警方联手抓获了糯康集团三号人物依莱；老挝对糯康集团的一个基地采取了突袭行动，收缴了大量枪支弹药、爆炸物、毒品及现金。

2011年11月23日，赴缅甸工作组启程，组长是公安部禁毒局办公室副主任赵乘锋。工作组与缅甸方面的接触也很顺利，一去就见到了缅甸警察总监和禁毒局局长。但由于社会环境和法律存在差异，对方一开始抱有种种顾虑，甚至连调阅讯问笔录这样的事情，缅甸警方都要报到高层批准，手续颇为烦琐。

为迅速打开工作局面，赵乘锋与缅甸警方的官员交上了朋友，突击学习缅语，例如"咱们是兄弟""咱俩的感情像大海一样深"；有时还请对方喝酒聊天，进一步拉近距离。公私两方面双管齐下，双方合作越来越顺畅起来，依托业已建立的警务合作机制，为搜集情报、抓捕嫌疑人、采取突袭等提供了帮助。

2012年1月18日，公安部禁毒局处长孙少斌任组长的工作组奔赴泰国。由于泰国社会特点和国内原因，又是中国船员遇害所在国，赴泰国工作组并不能像其他两个工作组那样实现比较顺畅的合作，只能在一种微妙的关系中开展工作。但所幸当地不少华人华侨站了出来。例如，孙少斌要与泰国官员紧急会面，走常规工作程序来不及，一些侨领就会通过私人关系帮助搞定。

为了安全起见，工作组不时变换住宿地点和更改手机号码，有时甚至一天一换宾馆，购物一般也不用自己的真实名字。

三个工作组都在一刻不停地开展侦查，各类情报信息不断汇总到专案组。一段时间之后，专案组大致掌握了糯康经常在哪些村庄出没，在哪几个村有小老婆，哪些村长跟他称兄论弟，等等。

抓捕人员争取到了一些与糯康没有利益关系的当地村民的支持。2011年12月，专案组得到准确情报，有线人看见糯康在老挝波乔省敦棚县的一个叫希拉米的村庄里出现。中国立即向老挝通报，协调老挝军警包围村庄。

就在军警准备进村搜查时，村长带着人出来阻挠了："我们这里没有糯康，你们这样进村搜查，会吓着女人和小孩，我不会让你们进去的。"

一个村长当然阻止不了军警。在得到老挝军方的明确命令并出示合法手续之后，老挝军警推开喋喋不休的村长、强行进村。刚搜了五六户，军警就搜到了糯康的一个小老婆，还有几个糯康集团成员，并发现了一批枪支、炸药和各种地雷，以及大量泰国货币和毒品。

"我们预计，照这个势头，用不了多久，糯康就能被搜出来。"前方的搜查情况实时反馈给专案组，回忆当时的情景，刘跃进感到"胜利在望"。不料，意想不到的情况发生了——

搜查工作进行得越来越费劲，尽管军警们费了大量口舌，村子里一些得到了糯康好处的村民仍然非常不配合，以各种理由阻拦，将搜查一直拖到了天色渐晚。

就在老挝军警打算继续搜查时，遭到强力干预。这次站出来的不是村长，而是当地一名级别相当高的官员，口气相当强硬，理由是依照当地习俗，天黑了不能搜村，要搜就等次日天亮。军警只能作罢。

殊不知，狡猾的糯康为了在"金三角"长期盘踞，十分懂得收买人心。这些年来，他从贩毒、绑架、收取保护费等敛得的巨额赃款中拿出一部分来，贿赂当地政府官员，给当地捐建学校、庙宇，或者给村庄修路，与官民的关系都相当不错；在沿岸不少村子里养着情人，同时也成为他的"眼线"。他所藏匿的村庄或山头，当地人会为其撑起一把"保护伞"，让追捕者无功而返。

那天晚上，在6个村民的掩护和夜色的掩映下，糯康悄悄坐船离开，隐入对岸缅甸的深山老林。

第一次抓捕落空，糯康成了惊弓之鸟，一切又得从头再来。

4. 不能"斩首"，要抓活的

一晃眼，距离第一次抓捕失败已经过去两个多月，案件却不见进展，专案组集体陷入情绪的低谷，一度感到无计可施——糯康，这个凶残而狡猾的对手，明明知道他在靠近缅甸的那一带活动，可就是很难抓到。甚至有人怀疑："这真的是不可完成的任务？"

刘跃进坦言，那段时间内，似乎看不到希望，"就像黑夜里渴望亮光一样，支撑大伙儿坚持下去的，是顽强的信念。"

道魔相长。专案组不断调整策略，随时研判、随时决策部署。同时，中方迅速向老缅泰三国分别派出警务工作组，一方面继续加强执法合作，另一方面展开秘密侦查。四国执法部门还建立了24小时重要情报信息交流热线。

抓捕糯康前，中国警方做了大量的侦查工作，专案组的成员每天都要围着一张六七平方米大的作战图进行研究。

这份地图的精细程度令人惊叹：在河流、码头、山头等常规标示的基础上，还有一些特殊的标注，如哪些村寨是糯康经常活动的地点，哪些村寨住着糯康的情人，哪些村寨里有糯康的手下，哪些村子的村长是糯康的铁哥们，村子里住着多少人、有多少房子，是草棚还是木屋，进村或进山有多少条路，路面的情况如何，适合开越野车、摩托车还是徒步，如果搜捕糯康可能会有几条逃跑路线……

专案组正在工作

专案组正在工作

　　抓捕战实质就是情报战。2012 年 1 月，专案组派出了三人情报小组。情报小组由云南省公安厅禁毒局副局长张峰带领两名缉毒警察组成，便衣秘密潜入"金三角"地区。他们的任务是：传递关于糯康的一切最新情报。

为了侦查到更多的情报，三人小组居住在一个简陋的小木屋中，距离糯康的营地不过十几公里。在敌人的眼皮底下活动，一旦被欲作困兽之斗的糯康集团发现，他们三人很可能陷入极度危险之中。为此，三人养了几条狗，一旦外面有异常的动静，狗吠会起到预警提醒的作用。

专案组分析，抓捕糯康一直被动的重要原因之一，就是情报的滞后，必须获取更加及时灵活的情报。从糯康使用的泰国手机号码入手，经过耐心侦查，专案组锁定了一名叫占拉的缅甸人，正是他替当时到处藏匿逃窜的糯康出面打点"业务"，收取保护费、毒品管理费等。专案组立即组织缅甸当地人员对其实施秘密抓捕、秘密关押、就地审讯。果然，他供出了糯康的藏身处，而且前几天他还去过：在缅东北大其力地区一带的深山里，有若干顶帐篷，有十几名全副武装的集团成员。

根据这一情报，专案组派出的三人情报小组忍着如同桑拿浴房的高温煎熬和热带蚊虫的疯狂叮咬，在占拉所说的那一片深山里秘密搜寻。经过如同大海捞针般的反复侦查，终于在一天夜里，情报小组爬上一个山包，趴在一块大石头上用红外夜视仪看到，远处约一公里处的山坳间，出现了几顶蓝色的帐篷。

这里是不是糯康的新营地？

情报小组在对面的山顶蹲守了三天三夜，确认了此处就是糯康的新营地。糯康为自己选的地方相当隐蔽——周围是原始密林，林中雾气蒙蒙，能见度不到 10 米。帐篷里的人活动规律很特别，白天有人睡觉，夜间有岗哨。

锁定了糯康新营地的准确位置后，专案组立即协调缅甸有关部门，于 2012 年 2 月 22 日对糯康新营地进行突袭。

　　然而，糯康的新营地位于深山中，通向该处的小路坑洼不平，摩托车开到一半已经无法前进，搜捕人员还得下车步行。白天，糯康集团在这条路上戒备森严；夜间，糯康集团在地下布雷、树上挂雷，四周布满了明哨、暗哨。这该如何行动？

　　专案组下令，生擒糯康！

　　生擒糯康谈何容易？在地形复杂、险象环生的热带丛林中，其难度堪比美国在阿富汗、巴基斯坦搜捕本·拉登。而且，美国击毙本·拉登也算完成任务，但糯康不能被打死。刘跃进说，在境外抓捕针对本国公民犯罪的外籍犯罪嫌疑人，之前在全世界只有美国人干过。

　　搜捕队伍决定在夜间绕远道突袭。这次是缅甸少数民族地方武装打头阵，缅甸政府军殿后，队伍在蚂蟥叮咬、猛兽栖息的深山老林悄然行进，五天五夜后，糯康集团的帐篷已在几百米外。

　　突然，一名搜捕队员碰到糯康的暗哨，枪声四起，还有火箭弹夹杂其中，直扑搜捕队伍的方向而来。

　　这是抓捕糯康以来，第一次大规模的交火。激烈的枪战中，搜捕人员迅速隐蔽，按照战术队形向前合围推进，用强大的火力压制来自糯康营地的抵抗，约在半个小时后突破了对方的防线，击毙几名糯康集团成员。但行动组的包围圈尚未合拢，警觉的糯康已经带领大部分集团成员闻声四散逃脱。

　　冲进营地的搜捕人员、专案组发现，在大山里"打游击"

的这段时间，糯康仍然很在意自己的生活品质，在他的营地里，除了有新鲜的肉，也有专门养的活鱼，生活用品中还有餐巾纸。锅里的肉汤还在冒着热气，说明糯康等人是刚刚逃离，又一次功败垂成！

尽管糯康第二次逃脱，但这次抓捕并不是毫无所获。四名糯康的手下落网，成为进一步搜寻糯康的"钥匙"。

专案组发现，糯康的卫兵多数是当地村民。于是，专案组根据这一情况，通过与当地的合作，找到了糯康身边的人，进而通过复杂艰难的追踪，再次锁定糯康的新营地，也是在缅甸的一片深山老林里。

然而，就在4月，专案组协调当地军警准备进行突袭之际，不料因某些干扰，行动被迫半途而废，糯康第三次侥幸逃脱。

这么长时间毫无突破，原本很有把握、计划周密的行动，却一次次功亏一篑，让专案组有些气馁。从另一方面来说，虽然三次抓捕均告失败，但震慑作用十分强大，让糯康集团人心涣散，开始分崩离析：专案组得到的情报显示，有的手下把枪还给糯康，弃甲归田回家当农民去了；有的人直接跑路了，不再为糯康卖命；还有的人向当地政府投降自首。团伙人数从最初的200多人，锐减到糯康身边只剩下20多人。

人心散了，队伍不好带了。集团二号人物桑康·乍萨也被迫选择离开集团营地，而这一情报被正苦于工作陷入瓶颈的专案组第一时间获得。专案组立即通知有关国家警方，通力合作之下，于4月20日将桑康·乍萨成功抓获。

"左膀"和"右臂"被斩断，四面楚歌的糯康大势已去。

2012年4月22日凌晨，二号人物桑康·乍萨在被押解途中

为了给糯康致命一击，继情报小组之后，专案组派出了一个六人行动组进入"金三角"，在老挝警方支持下联合开展行动。他们中间，有神枪手、抓捕专家、翻译人员和情报人员。

此时，专案组已经具备直接在境外击毙糯康的能力。但"抓死的没有意义，必须让糯康在我国接受审判，才能给国人和遇害者家属一个满意的交代"。因此，六人小组接到的命令十分明确：直接抓捕，生擒糯康。

遭遇突袭后，糯康惶惶不可终日，高度警觉，行踪更加不定。六人小组决定先从糯康身边的骨干下手，与境外警方一道，先后抓捕了糯康集团的10余名成员，包括给糯康送饮食的、传送情报的人员。

根据桑康·乍萨以及糯康身边人的交代，专案组掌握了更多犯罪证据和重要情报——此时的糯康，几乎已是孤家寡人，在缅甸的深山中很难有立足之地，有时候只能一个人在树下或者草丛里狼狈躲藏，昔日湄公河一霸的威风彻底扫地。

"狐狸"的尾巴，越来越清楚地暴露在"猎人"面前。

宜将剩勇追穷寇。专案组联合缅方对糯康的藏身地开展

洗冤伏枭录
XIYUANFUXIAOLU

一次又一次清剿围捕。主要目的，就是让糯康的藏身空间越来越小，不得不渡过湄公河进入老挝境内。而在那里等待着他的，是中老警方早已织就的天罗地网。

"糯康集团以前主要活跃在湄公河靠缅甸一侧，尤其是在'10·5'案件之后，糯康集团很少来老挝一侧。但我们与老挝的军警合作更加密切，抓捕条件更为成熟。"刘跃进说，专案组制定的方案就是在老挝一举抓获糯康！

4月25日，六人小组向专案组传回准确情报：糯康离开了在缅甸深山的藏身处。专案组敏锐地判断出，糯康可能要从缅甸转移到对岸的老挝，寻找新的地点躲避，于是立刻协调老挝方面做好准备，在湄公河靠老挝一侧沿线布下严密的抓捕阵势。

"这一次，我们吸取了教训，严格保密，把知密范围控制在很少人中间，不到最后一刻，不向一线抓捕人员下达具体命令。"刘跃进说。

一切尽在掌握，耗时数月、跌宕起伏的抓捕之战终于迎来了谢幕的时刻——

25日当天，老挝波乔省敦棚县孟莫码头。来自对岸缅甸的一只小船，悄悄地横渡湄公河，停靠在码头一个不起眼的角落。船上的三人快步上岸，即将没入岸边的密林。

"不许动！""站住！"

霎时间，多位持枪的老挝警察，突然从周边现身。三人见状不妙，拔腿就跑，边跑边掏枪射击。枪声响起，更多的警察从四面八方而来，包围圈如同拉住了线的布袋，越收越紧。终于，三人束手就擒。

这三人，正是糯康及两名手下。被摁倒在地后，糯康大喊："迈恩救我，我要死了！"糯康呼救的迈恩是他的手下之一，此次冒险返回老挝，就是要迈恩帮他找到新的地方藏身。

抓捕人员特意问他："你是糯康吗？"

糯康没有丝毫抵抗："我就是糯康。"

此刻，糯康或许意识到，横行"金三角"这么多年，自己这次真的到头了。更具讽刺意味的是，糯康被抓的地方，就在自己曾经带着手下耀武扬威的湄公河岸边。

"抓住了！糯康抓住了！"捷报，第一时间传给了坐镇指挥部的刘跃进。他抚了抚斑白的头发，长长地舒了一口气。这口气，中国人已经憋得太久了。

此刻，在另一条战线上也有好消息传来——中老缅泰湄公河联合巡逻执法已经成功举行多次，进出中国关累、老挝孟莫、缅甸万崩、泰国清盛的船舶数量已恢复至湄公河"10·5"血案案发前水平，湄公河航运船只、船员和沿岸民众的安全感显著提升。

据糯康、桑康·乍萨、依莱等人的交代，四号人物翁蔑是劫船杀人的具体指挥者、实施者。专案组随即全力以赴抓捕此人。此时，因首犯被捕，糯康集团受到摧毁性打击，"10·5"案件参与者扎西卡、扎拖波、扎波等犯罪嫌疑人相继落网。专案组一边精心安排审讯工作，一边对其他在逃人员紧盯不放。

当时糯康集团只剩下五六十人，因为害怕被中国公安机关抓到，都陆续向缅甸军队投降。翁蔑是最后一个投降的，他对糯康忠心耿耿，即使在糯康被捕后还叫嚣"为大哥报仇"。

但是在多国联合清剿围捕之下，已是瓮中之鳖的翁蔑到最后也撑不住了，一个人背着好几条枪，向缅甸军投降。

"根据缅甸方面的习俗，不管你之前犯过什么事，只要向军队投降了，起码可以免其一死，如果多交点钱疏通关系，很可能最后就没啥事了。"刘跃进介绍。

2012 年 7 月，孟建柱访问缅甸期间，在与缅方军队、政府主要领导人商谈时，就翁蔑移交中方、与糯康集团主要成员一并审讯和取证达成重要原则共识。外交部就此发出照会。刘跃进也率工作组赴缅甸，与缅甸军警组成联合工作组，对翁蔑展开联合审讯，使其交代了基本犯罪事实。据此，中方在与缅方协商移交事宜中占据了越来越大的主动权。

2012 年 8 月下旬，经缅政府同意，翁蔑被移交中国审讯。这标志着糯康集团的主要成员全部落网，湄公河"10·5"血

2012 年 7 月 12 日，正在泰国进行访问的孟建柱，专程赶赴清莱府清盛县，登上"10·5"案件出事船只（郝帆　摄）

案的主要犯罪嫌疑人全部抓捕归案。

专案组成员赵乘锋对移交翁蔑的情景记忆犹新：翁蔑身材不高但十分精壮，目光凶悍，一看就像个黑社会杀手，移交的时候嘴里还嚼着槟榔，牙齿、嘴唇都沾满了鲜血般红色的汁液，边嚼边吐，吐出来都是红的，像吸血鬼一样。

在押解到中国的路上，翁蔑突然说晕车想吐。赵乘锋起初以为他是装的，每天坐船在湄公河上上下下的人还会晕车？但翁蔑真没装，可能是极度惊恐引起剧烈的肠胃反应，哇的一声就吐了。

法庭上静悄悄的，每一个人都在凝神屏气倾听，只有审判长洪亮的宣读声回响在熠熠生辉的国徽之下。带着同声传译器的糯康等人一脸僵硬地听完了判决书，旁听的部分被害船员家属眼中泪光闪动——凶手即将伏法，终于可以告慰亲人们的在天之灵了。

五、真相大白

1. 他就是糯康
2. 艰难突破
3. 史无前例的审判
4. 公诉人的"底牌"
5. 案发现场还原
6. 生死之辩

真相大白

1. 他就是糯康

5月10日上午10时，老挝万象瓦岱国际机场，阳光万丈。

凌晨从北京直接飞了四个多小时来到这里，几乎一夜未睡的我丝毫不觉疲惫，反而十分兴奋和激动，因为我将亲眼见证并报道一个历史性的时刻到来——

在机场最大的贵宾室内，缅甸籍大毒枭、"金三角"特大武装贩毒集团的首犯糯康，由老挝警方正式依法移交给中国警方，将受到中国法律的严正审判。

糯康到底长什么样？谜底很快就将揭晓。

这是我第一次近距离地接触到糯康本人。被老挝警察押到移交现场的糯康穿着蓝色囚服，双手双脚都带着镣铐。身高168公分的他身材壮硕，头发浓密卷曲，皮肤黝黑，神情中透出落寞和憔悴，已经不见了传言中的嚣张和狂妄。然而，与糯康对视，仍能感受到其眼中一闪而过的暴戾之气。

老挝为什么会将糯康移交中国？这背后的曲折和秘密很少有人知晓。为了揭秘这一过程，让我们把时针拨回半个

5月10日，糯康在老挝万象机场的中老双方移交仪式现场等待被移交（万象　摄）

月前——

2012 年 4 月 25 日，糯康落网当晚。

一封当时还属绝密的成功抓捕糯康的报告，从云南传回了远在北京的公安部。孟建柱得知消息后，当即作出指示：专案组立即与老挝方面进行沟通，力争让老挝早日将糯康移交中国。

随后，孟建柱为前方工作组即将开始的谈判加上了重重的"砝码"——两封由孟建柱亲笔写下的书信，火速交由刘跃进带到老挝，一封给老挝国防部长，一封给老挝公安部部长，充分表明中国方面希望老挝移交糯康的决心和态度。

此时，希望得到糯康不仅是中国，还有老挝、泰国和缅甸。

因为糯康身上背负了太多的价值：他不仅是打开湄公河

"10·5"案件真相的最后一扇门，同时，作为"金三角"的大毒枭，糯康肯定知道当地贩毒活动的许多信息，这些重要情报对于了解"金三角"的各派势力、进而打击各路大小毒枭有着不言而喻的意义。

兵贵神速，刘跃进原本计划乘车赶赴老挝万象，最后决定改为坐飞机前往。尽管数小时前还沉浸在抓获糯康的喜悦中，但此刻刘跃进必须迅速进入自己的新角色——"信使"加"谈判代表"。

飞机上，他一刻也没有休息，在心中反复盘衡老挝、缅甸、泰国三国可能提出的理由，自己该如何见招拆招：

老挝是糯康落网的所在国，有理由以跨国贩毒的罪名提出审判糯康的主张；糯康是缅甸国籍，还杀过 10 多个缅甸军人，而且缅甸数年前就开始通缉糯康，也可能以跨国贩毒罪的指控为由提出引渡要求；泰国方面的理由也不少，如糯康在泰国水域作案，他的老婆孩子也还在泰国，云云。

与之相比，中国要求移交糯康的理由更加合情、合理、合法：

一、"10·5"案件发生在中国船舶即中国领土上，被害者都是中国公民，按照国际惯例和有关司法合作协议，中国拥有司法管辖权。

二、糯康是中老警方联合抓获的，两国公安部签有协议，事前也有过协商，依法移交不存在障碍。

三、糯康犯罪集团的二、三号人物都已经被中国警方控制，一个案件不应当在两个国家审理。糯康在交给中国审讯之后，案情真相将进一步水落石出。

4月26日上午，刘跃进飞抵万象后立即展开交涉，当天会见了老挝人民革命党中央书记处书记、公安部部长通班和老挝公安部党委常委、警察总局局长西沙瓦；第二天会见老挝人民革命党中央政治局委员、副总理兼国防部长当斋。刘跃进在传递孟建柱亲笔信的同时，进一步阐明了中方态度，希望老挝能将糯康移交中国。

此时，缅甸和泰国也已经表明态度、展开交涉，加入了争抢糯康的行列，所述理由基本全在刘跃进的预计之中。

那么，糯康究竟交给谁？最终的结果，还取决于老挝方面的选择。

各国之间的交涉和谈判持续了足足半个月，中国的耐心和努力终于得到了回报：老挝政府郑重决定，将糯康移交给中方处理。

对此，泰国、缅甸都表示尊重和理解。在四国紧密合作、达成共识的基础之上，糯康的司法管辖国际争议得到了顺利解决，于是也就有了5月10日移交的这一幕。

移交现场的正中央摆着一张桌子，桌上中老两国的国旗分列左右，中方代表、中国公安部禁毒局局长刘跃进和老方代表、老挝公安部警察总局副局长兼禁毒局局长坎朋一齐走到桌前坐下，共同签署移交备忘录和加强合作继续追捕糯康集团成员备忘录。

出席移交仪式的老挝公安部党委常委、警察总局局长西沙瓦当场表示：糯康是在湄公河地区进行大宗毒品生产、运输、贩卖等犯罪活动的重要头目，中国警方有证据证明糯康勾结泰国不法军人策划实施了2011年10月5日袭击抢劫中国货船、杀害 13 名中国船员的案件。目前，中国已经正式抓捕上述团伙的两名犯罪嫌疑人，据这两名犯罪嫌疑人供述，糯康是该案的重要犯罪嫌疑人。中国公安部与老挝公安部合作，对糯康进行了为期五个多月的抓捕行动。中方向老方提出了正式申请，要求将糯康及其同伙送往中国进行讯问。因此，老挝政府决定将糯康移交给中国。

在移交现场，还发生了一个小插曲：出乎在场人们的意料，一直站着的糯康突然面向全场跪下。于是，与我一起到达现场的新华社同事、与老挝首都同名的摄影记者万象迅速捕捉下了这一经典瞬间——跪倒在地的糯康面带忏悔，身后是出席移交仪式的中国、老挝官员。

几分钟后，这张画面就传遍了世界。这是传说中的大毒枭糯康在世人面前的第一次公开亮相。

糯康在移交现场突然下跪（万象　摄）

关于糯康下跪的原因，我后来了解到一些说法：老挝有一个民俗，就是戴罪之人是不能够跟正常人平起平坐的。在移交现场，大部分人站着，中国和老挝两国的主要官员都是坐着，糯康要选择一个比其他人更低的姿势。也有人猜测，糯康之所以选择跪着，是因为他信佛，可能出于对残忍杀害13名中国船员的一种愧疚。

移交仪式十分简短，半个小时内，中老两国警方就办理完了移交的司法程序，糯康被老挝警察带出现场、押解到停机坪，换上中国警方的手铐和脚镣。随后，多名中国特警将糯康押解上了返程的包机。

为了成功移交，中方所作的准备是非常充分的。简单介绍一下押解小组：糯康是重要犯罪分子，移交押送不能出现任何意外，加之糯康是外国人，而且还有很大的毒瘾，因此

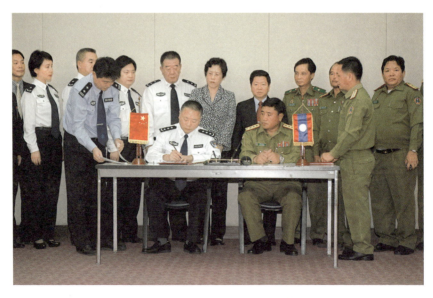

中老双方移交现场（万象 摄）

糯康被中国特警押上飞机（万象　摄）

人员配备有很强的针对性——有公安部官员、特警，也有医生和翻译。其中，执行押解的特警来自北京市特警总队二支队，他们曾经出色完成多次重大押解任务，其中就包括不久前押解赖昌星回国。

很多细节也很周全。例如，在登机的舷梯下，押解小组就对糯康进行了极其细致的检查，用安检仪扫描糯康全身，又让糯康张嘴伸出舌头，确认糯康嘴里没有东西可以用来自残。在四个多小时的飞行过程中，担心糯康去方便的时候遇到颠簸受伤或者借机自残，经验丰富的押解人员找来一些软物，把卫生间内的硬质物品以及硬质框架全部包裹起来。

坐在前排隔离区的糯康是全机舱内的焦点。我坐在后排，一直观察着糯康。一路上，前后左右都有特警环绕的糯康戴着红色眼罩，双手铐在背后，显得很平静，也比较配合，有时将头靠在椅子后座上，有时也抵在前排的椅背上。糯康一路上喝过一点水，只问了一句话："我要去哪儿？"随后，便是长时间的沉默。

飞机落地前，出于安全考虑，机舱内所有窗户都从内部进行了遮挡，但我们已经可以依稀听见机舱外鼎沸的人声。

走出机舱，停机坪上满是等候多时的人群，中央电视台的现场直播已经开始。在全场人员的注视和电视机前亿万观众的见证下，糯康被押解着走下飞机后，中国警方宣布对他实施正式逮捕。脸上没有任何表情，糯康拿起笔在逮捕文件上签上自己的名字，并摁下自己的手印。

糯康在北京的停留时间很短，又被押上飞机当晚返回云南接受审讯。

糯康在中国公安机关的逮捕令上签字（万象　摄）

　　这是为什么呢？糯康落网的地点并不是在万象，但老挝方面为了体现对这件事情的重视，把移交仪式放在了老挝的首都万象。出于对等和尊重的原则，也为了体现中国方面的重视，所以把正式逮捕糯康的地点选择在首都北京。

　　与糯康同机抵达北京的，还有湄公河"10·5"案专案组组长刘跃进等人。从2011年10月底开始，刘跃进和200多位专案组成员一直坚守一线。为了这场决战，他们付出了太多的心血和汗水。这是他们半年来第一次回到北京，迎接他们的是罕见的高规格仪式——

　　位于长安街的公安部机关大院少有地打开了正北门，如潮的鲜花和掌声中，孟建柱带领公安部党委全体委员，亲自迎下台阶，欢迎英雄们的凯旋。

孟建柱率领公安部党委全体委员迎接刘跃进及专案组凯旋（万象　摄）

　　欢迎仪式后的座谈会上，孟建柱发表了热情洋溢的讲话。他说，糯康及其骨干成员的成功抓获，标志着"10·5"专案侦办工作取得重大突破，标志着湄公河流域四国联合执法机制已取得明显成效，有力震慑了湄公河流域其他犯罪团伙和犯罪分子，维护了湄公河流域航运安全，充分展示了我国公安机关加强国际执法合作、打击跨国犯罪的能力和水平。

　　"什么是公安英雄？其实英雄并不是不食人间烟火的高不可攀的'圣人'，英雄就在我们身边！"孟建柱动情地说，在长达半年多时间里，"10·5"专案组全体同志坚决牢记使命、不负重托，克服难以想象的各种困难，全力以赴投入专案侦办工作中去。大家坚守岗位，忠诚履职，日夜战斗在侦查办案第一线，从来没有休息过一天，即使春节也未能与家人团聚，有的过度劳累病倒，有的带病坚持工作。专案组组长刘跃进同志积极协调有关部门和警种打信息战、整体战，大力加强与老挝、缅甸等相关国家军警部门的执法合作，表现出高超的指挥协调水平和攻坚破案能力，为侦办专案做了大量艰苦细致的工作，付出了巨大心血；专案组成员柯占军同志光荣牺牲在侦查办案第一线，以实际行动践行了"人民公安为人民"的庄严承诺。实践证明，"10·5"专案组是一支特别能吃苦、特别能忍耐、特别能奉献、特别能战斗的队伍，你们为公安机关争了光，为公安事业添了彩，党和人民感谢你们！希望专案组同志发扬优良作风，深入开展案件侦办工作，彻底查清"10·5"案件的全部过程和事实真相，给受害人家属和广大人民群众一个负责任的交代，坚决夺取全面胜利。

2. 艰难突破

糯康等人的落网是第一步，接下来的审讯突破之艰难，丝毫不亚于抓捕之战。

糯康被抓获后，不认为自己是缅甸国籍，提出自己有越南、泰国的双重国籍。专案组前往缅甸调查了一个多月，缅甸有关部门出具了糯康是缅甸国籍的证明。至此，糯康的国籍问题得以确定，一系列司法程序才能够正常开展。

不少专案组的民警在接受我的采访时说，每名参战的同志都对糯康和他的同伙深恶痛绝，但作为执法者，必须时刻坚持两点：一是要以事实为依据，以法律为准绳，严格、公正、文明、规范办案；二是要充分保障犯罪嫌疑人的诉讼权

被抓获的首犯糯康

利，给予他们人道对待，满足他们生活起居的基本需求，体现我国的司法文明。

体现司法文明的首要一点，就是使用犯罪嫌疑人的民族语言进行审讯。但这一关让专案组费了不少劲。

针对嫌疑人属于不同民族，使用缅语、傣语、拉祜语等多种语言的情况，专案组抽调了熟悉相应语言的民警，担任翻译配合审讯工作。

合适的翻译并不容易找到，起码应该具备三个条件：一、有办案经验，熟悉审讯工作。每次审讯前，翻译和审讯民警都要在一起熟悉案情、研究制定讯问策略，考虑到方方面面的问题。

二、精通傣语或缅语，能够将审讯语言精确地转化成犯罪嫌疑人能听得懂的话，表达审讯员的意图，传递审讯特有的语气和用语，并把犯罪嫌疑人的回答无遗漏地传达给审讯员。

三、身体素质较好，能够胜任注意力高度集中、通宵达旦的工作。因为需要将每一句话都逐字翻译，审讯的时间会翻倍，耗费的精力也大大增加。在审讯桑康·乍萨时，一位担任翻译的老民警曾经累得当场晕厥。

糯康是缅甸人，会说缅语和傣语，但不会中文，而且傣语分不同的方言，隔着一个山头都可能会有不小的差异。为此，审讯组中会傣语的同志仔细辨别糯康说话的语腔、语调等特征，为他精心挑选了一位带老挝口音的傣语翻译。可一开始讯问，糯康却时而说听得懂，时而说听不懂，最后干脆"装"出一脸迷茫，表示一点听不懂，一言不发。

翻译一再努力，把一句话翻译好几次，以极为缓慢的语速、用不同的方言表述出来，糯康还是表示听不懂。

面对糯康的不配合，审讯民警心里有数，但不当场戳穿，而是相当给糯康"面子"：这个翻译听不懂没关系，再换一个。

第二位翻译走进审讯室，糯康仍然"听不懂"。

专案组继续给"面子"。第三位翻译进来了，再次被糯康"pass"。

审讯比的就是耐心。第四位翻译进来时，审讯民警特意让翻译给糯康转达这样一句话："如果这个翻译你还是听不懂或者不满意，我们可以继续为你换翻译，直到你满意为止。"

一直"听不懂"的糯康这次却听懂了。他脸上显出不好意思的表情，也不再刁难人，"不用再换翻译了，这个人的话我都听得懂。"

攻破了语言关，糯康给专案组设置的下一关是"突然晕倒"。在外人看来，这些事情与他"江湖大哥"的地位很不相衬，反而令人觉得有些无赖。

这一天，糯康坐进审讯室，面对出示的证据，没说上几句话，突然眼皮一翻，头无力地低下去，转眼就"不省人事"。

随时候命的医生赶紧过来对糯康紧急救治，翻开他的眼睑，看到他的眼球还在正常转动；经过细致的检查发现，糯康身体并没有任何异常。尽管知道糯康是装的，医护人员也没有当场拆穿，而是给他服用一些保健药品。

还有几次讯问中，糯康不仅当场"晕倒"，还小便"失禁"，尿在裤子里。只要糯康一装病，医生就过来给他做体检，这样彼此心知肚明地"玩"了好几次之后，糯康自己反而不好意思了，承认："是的，我刚才是假装的，现在你们可以继续问我了。"

云南省公安厅监管总队负责人曾经向我详细介绍了糯康等人的关押工作，一条主线就是充分保障在押犯罪嫌疑人的合法权益，落实好对他们的权利义务告知，确保审讯工作和随后的刑事诉讼顺利进行。

在被关押到看守所时，看守所就安排医生对糯康等每一名犯罪嫌疑人进行了全面的身体检查，发现他们的身体状况并不好，饮食习惯也不科学，或多或少有一些疾病，有的患心脑血管疾病，有的肠胃方面有问题。对此，看守所给予了人道主义的救治，并在随后对他们定期进行体检，邀请专家针对部分犯罪嫌疑人水土不服、身体不适等情况进行及时治疗。

另一方面，进入中国的看守所，糯康等人的衣食住宿等生活条件都有了很大的改善。对于这些外籍犯罪嫌疑人的宗教信仰、民族语言和饮食习惯，看守所给予了充分尊重。谁平时吃素食，谁吃清真餐，看守所都按照每个人的要求予以安排。

糯康曾经不止一次表示，自己在中国吃的比起在缅甸山上东躲西藏时吃的好太多了，看到民警和他吃一样的饭菜，还显得有些诧异和感动。

了解到糯康信佛，审讯民警特意问他饮食上是否有特别要求。糯康没有提出过什么特殊要求，只有几次提出想吃米干（一种类似于米线的风味食品，是傣族人民最喜爱的食品之一），均得到了满足。

糯康等人都没有带其他衣服，看守所根据季节给他们买了换洗衣服。刚开始关押时，糯康等人都存在严重的恐惧、担忧、忐忑等情绪，语言又不通，看守所聘请了翻译与他们日常交流沟通，完善了投诉机制，安装报警呼唤装置，接到投诉后民警会第一时间赶往处理。

在看守所期间，糯康可以说是遵守监规、服从管理的，比较配合民警的管教，没有出现过激的行为。生活作息也十分规律：早上7点起床、刷牙洗脸，7点半开始吃早餐，8点半以后回到监室；中午12点吃午饭，之后可以休息一个多小时；下午进行简单的身体锻炼；下午5点吃晚饭，然后回到监室休息。

羁押10个月来，糯康等人的身体状况都有了很大改善。生活上的照顾和尊重，令他们的态度发生了一些变化，逐渐开始配合审讯，心理防线被一步步攻克。

专案组审讯组组长张润生介绍了突破犯罪嫌疑人的心理防线等许多细节。在开始审讯糯康之前，审讯组就已经对他进行了全方位的摸底，初步掌握其心理特征、揣摩其心理活动，迎接即将到来的心理交锋。

审讯组的情报来源，除了前期对糯康所犯案件的梳理分析，还有其手下桑康·乍萨、依莱、翁蔑等交代的情况，一个关于糯康的心理模型如下：

——生性多疑，几乎不相信任何人，包括他身边的人，基本上不在手下面前接电话，电话一响立刻转身离开。手下们也都知道他的这个习惯，"老大"一接电话，就会自动离开回避。

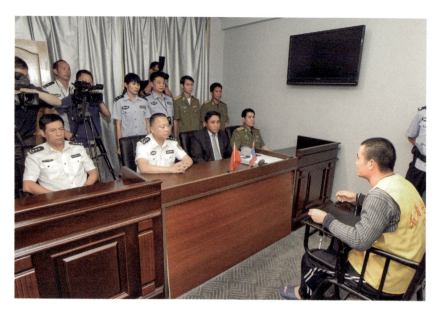

中老两国警方共同审讯犯罪嫌疑人糯康

　　——家庭观念不强，至少有3个老婆、10个子女，但具体多少个，他自己也记不清了，因为很少承担家庭责任。

　　——信奉佛教，内心可能保留着一份善恶有报的信仰。曾经在移交现场下跪，或许就是他心怀愧疚的一种体现。

　　糯康具有很强的反侦查能力，在审讯中的表现分为三个阶段：第一个阶段，矢口否认，拒不交代。糯康一直是作威作福的集团"老大"，突然成了阶下囚，巨大的心理落差难免会产生抵触情绪。而且他一直心存侥幸，不肯承认事实、推卸自身罪行、害怕法律惩处，一开始是假装听不懂话，后来对于提问一律回答"我什么都不知道""我当时在家看电视"或"我是从电视上知道这件事的"。

　　第二个阶段，逐渐松口，有所交代。他开始承认"10·5"案件是集团成员干的，但是他们决定去干的，自己不知情，

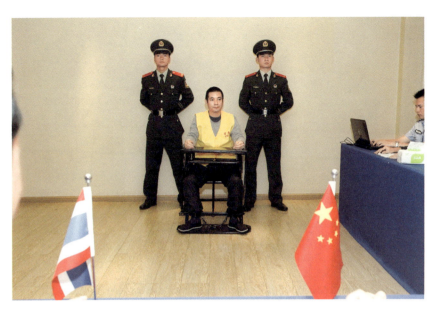

中泰两国警方共同审讯犯罪嫌疑人糯康

因为作案的几个手下早已经脱离了自己的控制。

此时的糯康，抵触情绪已经有所减弱，回答问题语气平和、神态平静，却想方设法反过来套取审讯组掌握的情况，暗地里琢磨如何狡辩；面对审讯民警突然抛出的桑康·乍萨、依莱等人先前的供词或者关键证据，糯康也会有限度地交代，但经常避重就轻，说一些鸡毛蒜皮的事情。

第三个阶段，放弃顽抗，全部交代。针对糯康不懂中国法律、认为可以和在"金三角"时一样花钱脱罪的思想，审讯组民警一方面在沟通、交流中，反复进行政策宣传和法律教育，打消他的幻想，让他明白坦白才是唯一出路；同时抓住糯康信仰佛教"因果报应"的心理特点，对他进行反复攻心，比如问他："佛教要从善，既然信佛，你也应该从善，为什么要杀那么多人？"

糯康在审讯中

长久的交锋后，糯康终于放弃了最后的心理顽抗，交代了策划和实施"10·5"案件的全部过程，承认是自己主动提出要教训中国船，并且说："没有我同意，他们是不能去做的。"

为了报道审讯工作，我还查阅过一些犯罪心理学的资料：在审讯过程中，强大的思想压力是必需的，有效的心理攻势也是必不可少的。审讯人员使用柔的办法来化解犯罪嫌疑人的抵触对抗心理，一边让其侃侃而谈，一边观察摸底，找准犯罪嫌疑人的心理软肋，逐渐暴露自己的马脚，从中找出审讯的突破口。

审讯组民警说，这些犯罪嫌疑人中很多是"老江湖"，受过军事训练，并且经历丰富，有很强的反审讯能力，一开始会保持很长时间的沉默，审讯无法进行下去。遇到这种情况，审讯民警就会把审讯暂时放在一边，主动聊一些犯罪嫌疑人

中国警方审讯犯罪嫌疑人桑康·乍萨

中国警方审讯犯罪嫌疑人依莱

糯康在受审前双手合十

感兴趣的话题。例如，让依莱讲一讲他当兵的经历，谈一谈他的家庭情况，问他是不是想家了。有一次，依莱说着说着就哭了起来。

犯罪嫌疑人心理防线一放松，漏洞便开始暴露，被高度敏锐的审讯民警抓住后紧追不放，就不得不开口。有一次，在审讯中，一直观察着审讯民警的依莱突然反问，是不是我说真的你们才记，假的你们就不记？这一点立即被审讯人员抓住，进一步辨别出依莱口供中的虚实。

审讯的全程都有录音摄像，犯罪嫌疑人的每一句话、每一个表情都被记录了下来，确保经得起法律的审判和历史的检验。

3. 史无前例的审判

2012 年 9 月 20 日清晨，昆明的绵绵细雨中，云南省看守所门前特警和法警队列严整，六辆法院押送车一字排开，静静地等待着。糯康等六名被告人，将从这里被押往昆明市中级人民法院，接受中国法律的严正审判。

这是一次史无前例的审判。

第一，涉外因素多，史上罕见。这是改革开放以来中国法院第一次公开审理外国人在国外对中国公民人身、财产实施犯罪的案件，俗称"两头在外"——即犯罪地和嫌疑人都

糯康等被告人被带上押送车（王申　摄）

在国外。

第二，多国合作，证据互换。本案由中老缅泰四国深度合作、联合侦办、调查取证，形成了完整的证据链条，为中方查明案情提供了有力支持。

第三，外国警察出庭作证。公诉机关请到了来自泰国、老挝等国的 12 名证人出庭作证，其中包括警察和目击者。外国警务人员在中国法庭上出庭作证，这在中国司法审判史上也是第一次。

从糯康被移交中国到提起公诉的数月中，审讯工作一直在高速紧张地进行之中。在侦查过程中，专案组对所有证据反复核准，精益求精、不出纰漏，对证明效力不高的证据该补强的补强，该排除的排除。最后，专案组收集整理了 37 卷、近万页的证据材料，移送检察机关审查起诉。

"这些沉甸甸的证据材料，证明了糯康犯罪集团的组织形式和架构，证明了其在湄公河犯下的罪行，也证明了他们劫持并杀害 13 名中国船员的犯罪事实。"云南省公安厅法制总队总队长聂涛说。

依据我国和老挝、泰国双边刑事司法协助条约，以及与缅甸警务合作机制、国际司法惯例，我国司法机关与老、缅、泰三国司法机关积极开展了多边、双边的刑事司法协作，有效完成了境外证据的调取和交换、移交在押人员、联合审讯、犯罪嫌疑人身份查询、司法文书送达等工作。

案件发生后，泰国警方对案发现场进行了查勘，对船员尸体进行了解剖检验，并提取了痕迹和物证。根据中泰双方签署的《刑事司法协助条约》，此前的 8 月 23 日，泰方将有关证据移交我国，为完善证据链提供了有力支持。我国也向泰国方面提供了有关证据材料。

糯康集团一些成员在老挝、缅甸落网后，专案组先后派员多次赴老挝、缅甸开展审讯工作。在庭审前，应中国邀请，老挝、泰国、缅甸警方已先后来华提审糯康等主要犯罪嫌疑人，并与中方交流通报"10·5"案件工作进展情况，相互交换证据材料。

2012年8月28日，中国警方向缅甸军警联合工作组移交审讯文本

根据侦查机关的报捕意见，检察机关及时依法批准逮捕了六名犯罪嫌疑人。检察机关依法提起公诉后，充分保障六名外国被告人的诉讼权利，及时为他们指定了翻译，将起诉书制作成中老缅泰四国文字，及时送达被告人。

经过深入论证，检察机关认定了本案被告人涉及故意杀人罪、运输毒品罪、绑架罪、劫持船只罪四个罪名。

检察机关严格区分了各被告人的刑事责任，对组织领导犯罪集团的首要分子，按犯罪集团所犯全部罪行提起公诉，其余犯罪嫌疑人按参与的犯罪提起公诉。另有二人未达刑事责任年龄或犯罪故意证据不足，检察机关没有提起公诉。

为保障受害人及其近亲属的合法权益，特别是提起附带民事诉讼的权利，检察机关和公安机关充分履行告知义务。本案被害人及其近亲属人数众多，住址涉及云南、贵州、四川、湖北、江苏五个省份，多个家庭地处偏远，检察机关派出八个告知小组分赴各地，行程共计四万多公里，完成告知任务。

同时，九名泰国军人涉案的问题，泰国警方已经立案，中方将有关证据移送泰国。军人犯罪具有特殊性，由于管辖权的问题，不在本案审理范围内。但中方一直积极推动，敦促和支持泰国警方开展侦查和审讯工作。

昆明市中级人民法院受理起诉后，迅速抽调精兵强将组成了合议庭，由昆明中院刑二庭副庭长晏晖、刑一庭副庭长杨晓萍和刑三庭审判员周岸东组成，晏晖担任审判长。

昆明市中级人民法院副院长董林介绍，该案所涉及的18户45名适格的被害人、被害人近亲属，已依法向法庭提起刑事附带民事诉讼，要求糯康犯罪集团赔偿丧葬费、误工费、交通费等费用。平均每个家庭索赔数百万元人民币，共计索赔数千万元，所有家属都强烈要求判处糯康等人死刑立即执行。案件开庭前，他们都收到了法院送达的法律文书。法庭将一并审理，并将严格按照法律的规定，最大限度依法保障被害人及其近亲属的合法权益。

湄公河惨案的特殊性，还可以从法庭内的布置窥见一二——审判大厅里设置了一间同声传译室，为六个被告席配备了同声传译系统，并在现场设立了翻译席，进行泰语、傣语、拉祜语和老挝语实时翻译。由于一名被告人患有糖尿病，法庭专门安排有医护人员随时准备，如果庭审期间出现不适就可以立即救治。同时，还设立了供被告人专用的卫生间，并有专人陪护。

此前，法院根据各被告人的权利和意愿，为他们指定了提供法律援助的律师，并通知律师提前调阅卷宗。

林丽是糯康的辩护律师。她接到了法律援助中心的律师指定函，根据法庭的指派和经糯康本人同意，为糯康提供法律援助，帮助其在法庭进行辩护。

"根据我国法律规定，被告人可能被判处死刑而没有委托辩护人的，人民法院应当指定承担法律援助义务的律师为其提供辩护。"林丽说。

在接受指派后，林丽到看守所会见了糯康 3 次，并调阅了大量的卷宗。她通过翻译同糯康本人进行了交流，糯康向她详细了解了我国的刑事诉讼制度。"糯康跟我表达的想法很多。他这个人说话比较绕。他问起诉书涉及的罪名以及会判处什么刑罚，我都告诉了他。"

"作为辩护律师，我的会见权、阅卷权都得到了保障。翻译沟通也很顺畅。"林丽说，她已为开庭做好辩护提纲，根据庭审情况再进一步进行补充。

庭审前夕，我和同事在关押地点先后见到了糯康、桑康·乍萨、依莱等被告人，在翻译的帮助下，与他们进行了面对面的对话。

此时的糯康，眼光中已不复数月前闪现的暴戾。

问："你是因为什么被中国司法机关逮捕和起诉的？"

糯康："因为 2011 年 10 月 5 日劫持中国船，杀害了 13 名中国人。"

问："'10·5'案件是不是你们组织实施的？"

糯康："是我们组织实施的。"

问："为什么要选择中国船只作为犯罪目标？"

糯康："因为这两艘中国船拉了缅甸兵和老挝兵来攻打我们的驻地，所以要报复这两艘中国船，要教训他们。"

问："你们组织的首领是谁？"

糯康："我们组织的首领是我。因为我名声在外，他们都叫我大哥、老大。"

问："你是否想过实施这次犯罪会受到法律的制裁？"

糯康："我做的这个事情大错特错，对不起受害的 13 名中国船员，我向 13 名船员家属道歉。我将尊重中国法律对自己的裁决，希望中国政府和中国法律能对我从轻处理。"

问："关押期间，你的相关权利是否得到了保障？"

糯康："在看守所里管教对我很好。中国司法机关将对我起诉和审判，为我提供了法律援助，提供了律师辩护人。我尊重中国的法律。"

4. 公诉人的"底牌"

伴随着警笛声，押解糯康等被告的警车，在两辆全副武装的防爆装甲车引领下，快速驶入法院。法庭一共有 380 个旁听席，除了邀请受害者家属、公检法部门代表和媒体记者外，还邀请了涉案各国的领事人员。

9 点 30 分，庭审正式开始。糯康等六人在法警押送下进入被告席。昆明市人民检察院对糯康、桑康·乍萨、依莱、扎西卡、扎波、扎拖波六名被告人分别以涉嫌故意杀人罪、运输毒品罪、绑架罪、劫持船只罪，依法向昆明市中级人民法院提起公诉。

五 真相大白 ZHENXIANGDABAI

2012 年 9 月 20 日，一审开庭（王申　摄）

糯康在庭审现场（王申　摄）

出庭的糯康身穿一件浅色的运动休闲服，神情上看不出太多紧张；胡子也刮干净了，比 5 月移交中国的时候显得白胖了一些。

起诉书中显示：被告人糯康，男，1969 年 11 月 8 日出生，缅甸籍，掸族，身份证明卡号 MIY090282，曾居住于缅甸联邦共和国掸邦勐耶镇第 7 区第 2 街区。2012 年 4 月 27 日，因涉嫌故意杀人罪、贩卖毒品罪、劫持船只罪，经中华人民共和国云南省西双版纳傣族自治州人民检察院批准逮捕。2012 年 5 月 10 日，老挝人民民主共和国公安部将糯康移交给中华人民共和国公安部。同日，由中华人民共和国云南省西双版纳傣族自治州公安局执行逮捕。

二号人物桑康·乍萨是六名被告人中年龄最大的一位，

桑康·乍萨被带入法庭（王申　摄）

也是文化水平最高的一位。他是审讯中最难攻克的，一开始拒不交代罪行。他2009年加入糯康集团，早年也是大毒枭坤沙的部下，而且地位比糯康还要高不少，做到副营级的军官时，糯康还是一个小兵。

起诉书中显示：被告人桑康·乍萨，男，1951年生，泰国籍，掸族，身份证号8571576077706，住泰王国青莱府麦法峦县和泰区1乡204号。2012年4月22日，因涉嫌故意杀人罪、劫持船只罪，被中华人民共和国云南省西双版纳傣族自治州公安局刑事拘留。2012年7月18日，经中华人民共和国云南省西双版纳傣族自治州人民检察院批准逮捕。2012年7月19日，由中华人民共和国云南省西双版纳傣族自治州公安局执行逮捕。

依莱在等待一审宣判（王申　摄）

三号人物依莱，两鬓已经斑白。他身材矮小，说话语速很慢，据说佛学造诣很高，还写得一手好字；以前也在大毒枭坤沙手下做过事，2009 年加入糯康集团。

起诉书中显示：被告人依莱，男，1957 年 10 月 21 日生，无国籍，泰仂族，住泰王国青睐府湄赛县央磅堪 5 乡 47 号。2011 年 12 月 13 日因涉嫌故意杀人犯罪、劫持船只罪被中华人民共和国云南省西双版纳傣族自治州公安局刑事拘留。2012 年 7 月 18 日，经中华人民共和国云南省西双版纳傣族自治州人民检察院批准逮捕。2012 年 7 月 19 日，由中华人民共和国云南省西双版纳傣族自治州公安局执行逮捕。

其他三名被告人扎西卡、扎波和扎拖波眼神茫然，局促不安，似乎从来没有见过这么大的场面。

起诉书中显示：被告人扎西卡，男，28岁，老挝籍，拉祜族，住缅甸联邦共和国大其力县孟果回郎村（以上情况系自报）。2012年5月8日，因涉嫌故意杀人罪、劫持船只罪，被中华人民共和国云南省西双版纳傣族自治州公安局刑事拘留。2012

扎西卡在等待一审宣判（王申　摄）

年7月18日，经中华人民共和国云南省西双版纳傣族自治州人民检察院批准逮捕。2012年7月19日，由中华人民共和国国云南省西双版纳傣族自治州公安局执行逮捕。

被告人扎波，又名扎波古·扎波怪，男，35岁，缅甸籍，拉祜族，住缅甸联邦共和国大其力县勐捧村（以上情况系自报）。2012年6月16日，因涉嫌故意杀人罪、劫持船只罪，被中华人民共和国云南省西双版纳傣族自治州公安局刑事拘

扎波在等待一审宣判（王申　摄）

留。2012年7月18日，经中华人民共和国云南省西双版纳傣族自治州人民检察院批准逮捕。2012年7月19日，由中华人民共和国云南省西双版纳傣族自治州公安局执行逮捕。

被告人扎拖波，男，30岁，缅甸籍，拉祜族，住缅甸联邦共和国大其力县勐捧村娜捧寨（以上情况系自报）。2012年7月7日，因涉嫌故意杀人罪、劫持船只罪，被中华人民共和国云南省西双版纳傣族自治州公安局刑事拘留。2012年7月18日，经中华人民共和国云南省西双版纳傣族自治州人民检察院批准逮捕。2012年7月19日，由中华人民共和国云南省西双版纳傣族自治州公安局执行逮捕。

庭审主要使用中文进行，被告人戴着耳麦从同声传译系统里收听；他们回答问题后，现场的翻译人员立即翻译成中文。

庭审一开始的法庭调查阶段，就惊起了不小的波澜。

六名被告人都确认了自己的身份后，除了糯康，其他人都被带了下去，先留下糯康单独一人面对法庭询问。

"糯康，你们这个集团的首领是谁？"公诉人发问。

"是我，他们都叫我老大、

扎拖波在等待一审宣判（王申　摄）

大哥。"糯康承认了自己的身份。

然而，当公诉人问到"10·5"案件是不是他策划组织的时候，糯康当场翻供，重复了审讯最初阶段的话，"我一般在寨子里，他们几个在水上具体做事，2009年就脱离了我的控制。我没有和他们在一起，是他们自己决定的。"糯康说。

公诉人进一步发问："你没有指挥、策划、参与案件？"

糯康否认说："没有，都是他们自己组织去的，我是在案

发后看电视才知道的。"

公诉人换了一种问法："在你们的组织里，其他人是否都要听你的命令？"

糯康继续否认："不听我的命令。"

旁听席上传来一阵骚动，人们大都显得有些意外。这不仅同其他几名被告人的供述不符，也与糯康自己以往的供述矛盾。

一审庭审现场，公诉人在宣读起诉书（王申 摄）

庭审暂时陷入了僵局。第一回合，公诉人没有继续发问，也没有亮出"底牌"，糯康被带出了法庭。

当日中午，刘跃进在接受采访时说，专案组在案件开审前已经对糯康可能的翻供行为作出了预先估计。在预审中，六名被告人特别是糯康心机多疑、反复无常，口供多多少少有些反复。但即便是糯康等人当庭翻供，也改变不了他们实施犯罪的客观事实，因为证据链条是确凿完整的。

一审庭审现场（王申　摄）

第二回合，其他几名被告人先后单独出庭。他们的供述中，矛头一致指向了糯康。桑康·乍萨说："中国船只在河上不交保护费，还拉着缅甸军警来打我们，组织受到了巨大损失，糯康想报复中国人，命令要将他们捆绑后杀掉。"

依莱说："组织里的所有事情都必须得到糯康的同意才能做。"

扎西卡、扎波、扎拖波也都承认，糯康是组织的"老大"，2011年10月5日作案后回到散布岛，糯康把参与这次行动的所有成员叫到一起，进行了训话，要他们不能泄露半点风声，"谁说出去就打死谁，老婆孩子一起杀掉！"

第二天，进入举证质证阶段。

公诉人当庭出示了"底牌"——大量的证据来证实对糯康的指控，其中很多证据是泰国、缅甸、老挝等方面提供的。

一审庭审现场（王申　摄）

除了实物证据，还有 13 名来自泰国、老挝的证人，包括第一时间赶到案发现场的泰国清盛警察局局长和警察、对中国船员进行尸检的法医、抓获糯康等人的老挝警察等。

首先出庭的是泰国 1 号证人、一位身着深色西服的泰国法医。根据这位法医的陈述，2011 年 10 月 5 日，13 名中国船员被枪杀在湄公河后，10 月 14、15、16 日，他奉命对尸体进行了尸检。他发现，所有的船员都系枪弹伤致死。死者尸体都有弹孔，最多的有七八处，中弹的情况不一样，应该是多种枪支射击造成的。

泰国 2 号证人是泰国清盛警察局的一名警察。他在法庭上说，2011 年 10 月 5 日上午 11 时左右，他和同事在案发现场附近巡逻时，发现河上有快艇朝着"金三角"的方向飞快行驶，每艘快艇上有 3 到 4 名黑衣人，还看见了几名泰国军人站在岸上，向停靠在岸边的两艘中国船只开枪射击。这名警察感觉到情况不对，立即向他的上司作了汇报。这些军人继续向两艘中国船只开枪射击，现场一阵浓烟后，几名泰国军人登上了中国船只，船上又传来断断续续的枪声。

泰国3号证人是清盛警察局局长，当时2号证人正是向他汇报。他说，听完手下的汇报后，他很快就赶到了案发现场，在距离中国船只大约80米的岸边停车。两名泰国军人马上向他走来示意不能靠近，说正在中国船只上执行查缉毒品的任务。说完，这两名军人又跑向岸边。这名局长也听到了中国船上传来的枪声，并看见几名泰国军人站在船上。后来，这位局长还是登上了中国船只，听见了一名军人在电话里向岸上的上司请示：

"这么多尸体怎么办？"

"尸体留得越少越好。"岸上的上司回答。

随后的几名泰国证人证实，中国船只被枪击惊动了泰国清盛的警察，这些警察很快赶到了现场。

泰国1号证人提到过，中国船员是被多种枪支射击造成的。对此，泰国7号证人、一名参与现场勘验的泰国警察进行了详细的证实：

13名中国船员是被5种枪型13支枪射击的，包括M15、AK47、M60以及9MM和11MM枪。"华平号"船员遭到了5种枪型的射击，"玉兴8号"船员遭到了3种枪型的射击。

泰国9号、10号证人都是对船上搜缴出的毒品进行鉴定的专业人员。他们说，从两艘中国船只上发现的毒品都是甲基苯丙胺，共84561克。"华平号"的船员休息室里放着两个白色编织袋，清点后是 52 万粒毒品。"玉兴 8 号"船舱里两个装苹果的纸箱子下面，发现藏有 40 万粒毒品。这些毒品的数量、特征、发现位置都和几名被告人关于毒品的供述完全相符。

老挝方面的几名证人也先后出庭。他们证实了糯康被抓捕、被拘留的过程。其中，老挝 2 号证人、一名老挝警察说，老挝警方在糯康的住所搜到了大量毒品，还搜到了枪支和炸弹。

公诉人还出示了大量的书证和物证，帮助证实了案件的多个疑点：

——糯康究竟是不是作案的首犯？

糯康在审讯中供述说：分工上，是在 2009 年他们加入组织后我就已经安排好了，他们都得听我的，这次又不是第一次劫船，不用特别分工。

依莱以及其他集团成员翁蔑、岩囡、岩相宰等多人的供述、证言均指出，糯康为报复中国船，也为获取不法泰国军人的支持，提议劫船、杀人、放置毒品栽赃。

——犯罪集团成员是否直接实施了犯罪？

根据现场勘查笔录、证物清单、枪弹鉴定、弹道调查报告，"华平号"和"玉兴 8 号"上的中国船员在被捆绑后遭到枪击，有的枪支分别射击过不同的被害人，有的同一被害人被不同的枪支射击过。

现场勘验发现，"华平号"上有 47 处弹痕，一层左舷甲板有大量新鲜血迹，还有肉屑溅在船尾的帆布上，这就是中国船员被集中射杀的地方。

尸检结果显示，黄勇尸体的头部有两处弹孔，其中有一个0.7公分的弹孔，子弹贯穿头部。尸检表明，死者是在毫无防备的情况下被人开枪打死的。在"华平号"驾驶室右边房间的床上、墙上、枕头套上提取到黄勇的大量血迹，再次佐证扎西卡供述在该房间向黄勇射击的事实；在"华平号"上提取到"玉兴8号"船员陈国英的肉屑和"华平号"船员李燕、杨应东的血迹，再次印证了被告人扎西卡、扎波供述将两艘船的船员集中到"华平号"上射杀的事实。

——9名不法泰国军人扮演了什么角色？

证据显示，9名不法泰国军人不仅参与策划了该起案件，13名船员被杀当天，他们还在案发地点岸上向两艘中国船只开枪，登船后也开了枪。

根据泰国方面提供的现场勘查笔录，岸边的公路上发现1片7.62毫米北约制式枪支的子弹链甲碎片，土坎上发现2枚5.56毫米步枪子弹弹壳，它们来自泰国军人配备的M60机枪和M16步枪。

弹道调查报告指出，"华平号"遭到了来自岸边的枪击；枪弹鉴定显示，一支使用5.56毫米子弹的步枪既在岸边射击过，又在"玉兴8号"上射击过，使用北约制式7.62毫米子弹的M60机枪击中过被害人。

依莱、翁蔑也供述不法泰国军人在岸边向两艘中国船只射击，登船后又继续射击。在"华平号"上提取的烟蒂上的DNA，与一名泰国军人的DNA比对吻合，能够佐证泰国军人登船的事实。

"玉兴8号"上有15处弹痕。二层驾驶舱门口发现一具男尸，呈左侧卧姿势，头部、胸部、臀部中弹，右手旁有 1 支 AK47 步枪，扳机处于保险挡位。尸体附近发现大量血迹，血迹显示尸体被拖动过。经鉴定该 AK47 步枪上没有发现任何指纹。DNA 检测确定这具男尸是船长杨德毅。事后查明，现场是不法泰国军人制造的枪战假象，那支 AK47 是他们放上去的。

还有一名证人说，有目击者告诉他，看见七名泰国军人登上船只带着 M16，有一名泰国军人拉着中国船员尸体的手，另一名泰国军人拖着尸体的脚，把尸体扔进两船之间的水域。

公诉人认为，当庭出示的证据取证程序合法，客观真实，证人证言和诸多物证环环相扣，形成了一条完整、严密的证据体系。

如山铁证面前，桑康·乍萨、依莱、扎西卡、扎波、扎拖波均当庭供述了自己参与"10·5"案件的经过。看到越来越多的证据陆续公开，糯康的态度又来了个大转弯，他没有继续为自己开脱罪责，非常顺利地承认了所有指控的罪行。对公诉方出示的每一组证据，他都没有提出异议。

扎西卡、扎波和扎拖波三人的表现最为老实，都承认了罪行，对所有证据都表示无异议。专案组介绍，这三个人都没什么文化，不会写字，就连确认讯问笔录也只能按手印。

"没什么文化"还体现在很多地方。例如，扎西卡和扎波表述时间的方式不是某年某月某日，而是"我们当地稻谷成熟季节的一天早上""谷子熟的时候"。可能对他们来说，生活就是以这些为坐标来记录的。尤其是扎拖波，他是拉祜族首领波涛罕恩的手下，平日里主要负责养猪和盖房子，既是穷凶极恶的犯罪团伙成员，也是愚昧鲁钝的仆人。

专案组介绍，这三人被捕后，审讯相当顺利，扎西卡被捕当天就竹筒倒豆子般全说了，说完还问审讯人员：我可以回家了吗？

法庭上，扎西卡、扎波一直都显得紧张不安，法官让他们先后站起来比划一下当天开枪时的姿势，他两都听话地站起来，比划出开枪射击的姿势，让人们依稀看到了那天他们用枪口对准中国船员的场景。

原定三天的一审进行得十分顺利，第二天晚上便宣告结束，进入最后陈述阶段。

扎西卡模拟当时开枪动作（王申　摄）

扎波模拟当时射击的姿势（王申　摄）

　　"我认罪了……请求死者家属和中国政府在量刑上给予我从轻处理。""错了，错也错了，真是对不起，请求宽恕。"9月21日20时许，被告人糯康、桑康·乍萨等双手合十、面带忏悔，在做最后陈述时说。

5. 案发现场还原

　　在法庭上，举证是让受害者亲属不得不去面对的艰难时刻。当血淋淋的现场照片和部分尸体照片呈现在大屏幕上时，当听到被告人和证人详细叙述着自己的亲人生命最后时刻的情景时，他们中的很多人忍不住呜咽起来，抽泣声此起彼伏。

随着大量证人证言、证据以及被告人供述的公开，13名中国船员惨遭虐杀的血淋淋一幕，被一步步还原出来——

遇害中国船员的家属代表在庭审现场情难自抑（王申　摄）

——密谋报复

2011年9月27日，缅甸散布岛。

此时的湄公河，水位已开始渐渐退去。由"金三角"沿河向北30公里左右，就是散布岛的位置。岛上的树林里有十几个草棚子，这里就是糯康集团大本营。

糯康一个电话，将三号人物依莱叫到了岛上。依莱平时一般住在湄塞，一个与糯康的老家缅甸大其力仅一河之隔的泰国边境小城，只有糯康招呼时才去散布岛。

就在5天前的下午，这里刚刚发生了激烈的交火，对方是老挝、缅甸的军警，但拉着他们前来攻击大本营的，却是一艘中国商船。

依莱赶到散布岛的时候，二号人物桑康·乍萨已经到了。糯康很生气地对他们说，中国商船在河上来来往往不仅不交保护费，还拉军队来攻打我们，一定要教训他们！

随后，糯康说出了自己的计划——劫持中国商船，如果没有查到毒品，就把6月翁蔑刚抢来的那一批毒品放到中国商船上栽赃，并杀掉船上的人，再由泰国军方来查毒品。

这次的行动并不像以前的劫船劫财那么简单，糯康让依莱问弄罗（50多岁，与泰国军人和黑社会有密切联系，加入糯康团伙后主要负责对外联络，江湖人称"阿叔"，与其他部分犯罪嫌疑人另案处理）能否联系一下泰国军人，最好让泰国军人来缉毒，造成双方交火的假象。

依莱领到了放眼线、踩点的任务，他和弄罗通过当地黑社会很快联络上了泰国军人。

10月3日，泰国咩尖，一家咖啡馆。

依莱、弄罗与泰国军人见面后，抛出了糯康给的条件：如果泰国军人到中国船上查毒品，有助于泰国军人立功；作为回报，泰国军方在清盛码头给糯康集团提供出入方便，还要提供武器。这样，泰国军人既能立功晋升，糯康集团又能找到靠山，以后光明正大地运输毒品进出泰国。

双方一拍即合，阴谋很快成为行动。本来，糯康想让桑康·乍萨来选地点，但桑康·乍萨借口对湄公河下游情况不熟悉推脱了，向糯康建议让依莱去。糯康同意了，并嘱咐依莱：最好选择泰国老挝交界的泰国一侧水域，方便岸上的泰国军人登船。

按照糯康的要求，依莱在湄公河沿岸安排了眼线，并与弄罗一起选定了停船杀人地点——金三角大佛下游，湄公河泰国水域，一棵鸡素果树旁。这里两岸人烟稀少，湄公河流到这里拐了一个小弯，形成一段视觉盲区，岸上就是公路，便于停船作案，也便于泰国军人上船查毒。

此时，在湄公河上游，"华平号"10月4日中午从关累码头起航，目的地是泰国清盛码头。船长黄勇给妻子打电话说要走了。因为出了国境大部分河段就没手机信号了，如果一切顺利，第二天早上9点钟，他就能给妻子打电话报平安了。

"玉兴8号"是从缅甸的梭累码头起航的，目的地也是泰国清盛码头。然而，两艘船上的13名船员，并不知道他们已经踏上了致命的航程。

——劫船藏毒

10月4日，湄公河沿岸的眼线上报消息，"玉兴8号"

第二天上午到，糯康马上告诉桑康·乍萨，让他通知集团四号人物翁蔑准备行动。

接到糯康的电话，桑康·乍萨很快安排翁蔑准备第二天劫船。翁蔑是缅甸人，40多岁，心狠手辣，是糯康手下的一员得力干将，平时负责在湄公河上劫船、收保护费，是糯康集团的行动队长，平时一般由二号人物桑康·乍萨直接指挥。

糯康后来在供述中说：这又不是第一次劫船，不用特别分工。桑康·乍萨主要负责监督翁蔑他们及组织内部管理；依莱在江岸上安排眼线观察船只、外围望风、获取信息；翁蔑负责劫船、运输毒品。

尽管安排已定，糯康觉得此次事关重大，还是有些放心不下。10月5日早上5点多，他让桑康·乍萨将翁蔑叫进自己的草棚，下达了劫船杀人的命令。他特意嘱咐：先劫船，把船员都控制住，最后杀人。

临走时，桑康·乍萨突然肚子疼，不去了。于是，翁蔑带着手下，乘两艘快艇携枪支从散布岛出发。

"7点左右，在弄要，我们把两艘中国船只先后劫停，一艘是油船（'玉兴8号'），一艘是货船（'华平号'）。"翁蔑的供述显示，他们驾驶着快艇，将中国船团团围住，直到逼停。船停好后，糯康在电话中让翁蔑将惊恐不安的中国船员全部捆好。

翁蔑把两位船长黄勇和杨德毅用手铐铐在驾驶室，让他们来开船。其他船员则全部捆好，集中在船舱里，留两个人持枪看守。

"中国船被劫停后约有15分钟，岩囡、嘎米各开一艘快艇拉着波涛罕恩的手下来跟我们会合。"翁蔑供述称,自己上的是油船("玉兴8号"),除了留下开船的,用手铐铐上他们的手,其他船员被赶上货船("华平号"),与货船上的船员集中押到一层船舱的一个房间里,由波涛罕恩的手下看守。

波涛罕恩是糯康团伙中的一个拉祜族头目,他手下基本都是拉祜族,扎拖波就是其中之一。他和其他四人接到波涛罕恩的通知,携带武器赶到弄要参与武装劫船。

同时赶到的还有扎西卡和扎波。扎波两年前加入糯康团伙,主要负责放风,平时住在寨子里,有缅军来攻打就提前通风报信。扎西卡是两年半前加入糯康团伙的,主要负责开快艇。他们二人都从糯康集团领取一定的"工资"。当天,扎西卡接到上线扎亥的通知后,和扎波一起坐船赶往弄要。

到达弄要后,扎西卡和扎波登上"华平号"。翁蔑发给扎西卡一把枪,让他在一层船舱看守两名中国船员,扎波则背着一支AK47去厨房看守两个女船员。扎波在供述中说:"两个女船员,中等身材,一个20多岁('华平号'厨师李燕),一个30多岁('玉兴8号'厨师陈国英),身材较胖的那个系了一个腰包。"

翁蔑等人没有在两艘中国船上找到任何毒品。向糯康报告后,糯康就让岩湍开快艇回散布岛,把事先准备好的毒品拉过来。

半小时后,翁蔑带人将从散布岛拉来的毒品藏到了两艘中国船上。其中,油船("玉兴8号")上是用装苹果的纸箱装在船舱中间,货船("华平号")上是用编织袋装在船员休息室的床下面。

糯康在供述中说，毒品是翁蔑6月份从两个景拉人手里抢来的。技术部门的鉴定结果显示，这些毒品系甲基苯丙胺，共91.96万粒。

和毒品同时带来的还有透明胶带和绳子，翁蔑指使手下把中国船员用绳子重新捆绑好，用胶带把嘴巴封上，把毒品分开放到两艘商船上，由四艘快艇前后左右押送着向下游驶去。

途中，翁蔑打电话给依莱：我们准备下来了，劫了两艘船。

依莱不解：怎么是两艘？不是说只劫那艘中国油船（"玉兴8号"）吗？

翁蔑回答：你问大哥吧。

依莱打电话给糯康，得到的答复是：计划有点变化，另一艘路过，索性全干掉得了。

——杀人逃亡

在四艘快艇前后左右的押解下，两艘中国船顺流而下，去往依莱选定的杀人地点。途中，翁蔑接到了糯康的两个电话。

第一个电话里，糯康吩咐停船后先不要杀人，朝天鸣枪就行，把人交给泰国军人。第二个电话里，糯康改变了命令，让翁蔑开枪杀掉中国船员，但不要全部杀完，留下三四个活口给泰国军人来做，让翁蔑等人做完后就赶快撤退，死不死不要管。

接完这个电话，有些想不通的翁蔑打电话问依莱。依莱的回答是："大哥说留三四个活口怎么行？不要留，全部杀掉。"

后方的桑康·乍萨也给翁蔑打过两个电话，让他用心点，赶紧把事情做好就回来。

带着人从金三角大佛处一路开车沿河而下的依莱还打电话给翁蔑说："靠泰国岸边的路上有两辆车是我们的，你们看见泰国军人不要怕，过来把船拴在岸边那棵大树上。"

船靠岸后，扎拖波等人端着枪在快艇上来回警戒。停好了船，翁蔑带来的人开始向中国船员射击。桑康·乍萨在供述中说，翁蔑告诉他：杀了13个船员，就是按照昨天糯康和你安排的那样，集中在一起开枪打的。

船上枪声响起。依莱说，他听到了AK47冲锋枪的声音。

扎西卡已经将铐着手铐的黄勇带到了驾驶舱旁边的一个房间里，黄勇背对着门口坐在进门左侧的床上。听见枪声，一个叫温那的同伙让扎西卡杀死黄勇。扎西卡双手握枪，"我扭头用手枪枪口朝下，朝着那名中国船员连开两枪，打第一枪时，他还'啊'地叫了一声，第二枪就没听见叫声了。"扎西卡供述说。

正在厨房找东西吃的扎波也听到了枪声，他以为是岸上的泰国军人开火了，正要跑却被翁蔑经过看见。翁蔑抡起枪托砸向扎波的嘴，骂道：胆子这么小！

扎波被砸掉了一颗牙齿，捂着嘴护疼的他也明白了枪声是同伙们向中国船员射击。于是，他朝着中国船员集中的左舷甲板上扣动了扳机。

扎波回忆说："翁蔑逼我开枪，我就在厨房隔着窗子下的挡板，由内向外用枪朝集中在一起的中国人方向打了两个连发。"

"我和捌西负责外围警戒，两船到鸡素果树几分钟后，听见中国船上传出枪声，持续了三四分钟，然后我们的人跳上快艇赶回散布岛。"扎拖波供述。

翁蔑等人跳上快艇离开的时候，岸上的泰国军人也开始开火了。他们一共九人，配备了一挺 M60 机枪，其他都是北约制式 M16 步枪。射击大概持续了 5 分钟。之后，七个泰国军人登上中国商船继续射击，伪装成交火的场面，留下两名军人在岸上警戒。

当天值班的清盛警察接报后急忙赶往现场，但在距船大概 80 米的地方，一名留在岸上的泰国军人伸手拦住了他们："你们不能靠近，我们正在执行缉毒任务。"

按照泰国法律，军队缉毒有单独行动的权力。泰国警察只好在原地等待，后来才登上船只。

根据糯康的供述，他在事后一直不放心，就打电话给弄罗：我的人做完事了，回来跟我汇报不知道船上那些人死了没有，我有点担心。

弄罗回答：你不用着急，泰国军人会处理好的。

糯康和翁蔑在事后分别向手下交代，这件事情不能说出去，"谁说出去就杀掉谁！"随后，糯康指示分给每人 1 万泰铢和几粒亚麻。

10 月 6 日，案发第二天，泰国军人拿着缴获的毒品来到警察局报案，因为按照分工，军队只负责缉毒行动，案件调查由警方负责，毒品必须交给专门机构鉴定。泰国军人声称，中国船员走私毒品，双方交火后被击毙并落入水中。但泰国警方在深入调查后得出初步结论，这是一次有预谋的劫船杀人案件。

糯康也很快就意识到"这事做大了，做错了"。10月7日，他找来桑康·乍萨和翁蔑，告诉他们这个地方待不成了，把工资和安家费发给他们散伙。"钱是翁蔑、依莱发给他们自己带的人，我总共给他们发了250万泰铢。"糯康说。

6. 生死之辩

2012年11月6日，昆明市中级人民法院进行一审公开宣判，以故意杀人罪、运输毒品罪、绑架罪、劫持船只罪数罪并罚，判处被告人糯康、桑康·乍萨、依莱死刑；以故意杀人罪、绑架罪、劫持船只罪数罪并罚，判处被告人扎西卡死刑；以故意杀人罪、绑架罪、劫持船只罪数罪并罚，判处被告人扎波死刑，缓期两年执行；以劫持船只罪判处被告人扎拖波有期徒刑8年；同时判决六被告人连带赔偿各附带民事诉讼原告人共计人民币600万元。

审判长聂晖专门对此作出了解释：判处四名被告人死刑，是因为糯康、桑康·乍萨、依莱是整个犯罪集团的首要分子，扎西卡是犯罪集团的骨干分子，是案件的实施者。根据我国刑法相关规定，四名被告人犯罪手段特别残忍、犯罪情节特别恶劣、犯罪后果极其严重，依法应当予以严惩，所以一审判决对四名被告人处以死刑。

审理案件的昆明中院法官杨晓萍介绍，刑事附带民事诉讼原告人共提出了2000多万元人民币的诉讼请求，法院结合案件事实、情节和我国相关法律的计算标准以及被告人的实际赔偿能力等方面，综合考虑后作出了判决。虽然和原告人

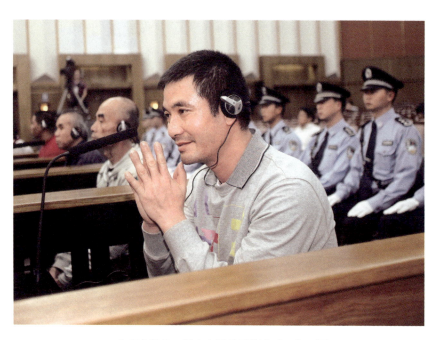

一审庭审现场，糯康在做最后陈述（王申　摄）

一审庭审现场，桑康·乍萨在做最后陈述（王申　摄）

的诉讼请求有一定差距，但法院方面已经尽最大努力使他们的权利主张得到满足。

在一审庭审中，糯康曾当庭表示愿意拿出个人财产3000万泰铢（约合600余万人民币）赔偿给被害人亲属。法官认为，开庭结束后糯康通过和其家属联系，将个人财产600万元人民币缴纳到法院，作为对被害人亲属的赔偿。但结合案件的事实情节，一是其作案手段残忍、后果严重，二是被害人亲属能否达成谅解，600万元人民币显然不足以赔偿他们2000多万元的诉讼请求，因此糯康虽有一定的认罪表现，但不足以从轻处罚。

宣判后，各被告人均当庭表示上诉。

2011年12月20日开庭的二审是真正的生死之辩。庭审中，糯康重演了一审首日的一幕：一开始，再次否认此前的供述，表示自己无罪，并声称是手下人自己做的。对辩护人和检方的询问，糯康一概回答"我不知道，我不清楚"或"我不认识他们"。

糯康将这次上诉视作唯一的救命稻草，但他的谎言却被同伙戳穿。其他五名被告人一致指认糯康就是集团的"老大"，并向法庭寻求减轻判罚。生死面前各自保命，于是糯康便成了其他五名成员同伙的众矢之的，几个被告人还差点当庭争吵起来。

同时，桑康·乍萨、依莱都否认自己是首要分子，绑架、杀害13名中国船员的事情他们没有参与策划；扎西卡、扎波辩解说，他们开枪都是被逼无奈之举；扎拖波一再表示自己只是整个集团的小马仔，当时他被安排在快艇上巡逻放哨，没有绑架、杀人。

六名被告人及其辩护律师都提出，一审判决量刑过重，希望法院在二审中从轻判决。

糯康的辩护律师认为，在共同犯罪中，糯康权力下放后，手下的行为已经远远超出了他的掌控范围，并没有实施犯罪的主观故意，不应当数罪并罚。从实施的手段和目的来看，糯康事先并没有进行布置，检方也并没有直接证据证明糯康就是主犯，所出示的那些证据也是孤证。另外，糯康进行了一定的民事赔偿，应该减轻处罚。

桑康·乍萨的辩护律师认为，桑康·乍萨虽然是集团二号人物，但是在"10·5"案件的具体实施中，并非是二号犯罪主体，只是参加者而非具体指挥者，不符合首要犯罪分子的定性量刑标准。同时，看在他归案后积极主动配合办案的情况下，希望法庭能够酌情从轻处罚。

其余几个上诉人的辩护律师认为，被告人当庭认罪有一定的悔罪表现，应该作为减轻处罚的相关要件。

扎西卡、扎波两名被告人的辩护律师还提出，这两人均系胁从犯。同时，被杀的中国船员身中数枪，没有证据证实，就是死于扎西卡、扎波的枪弹。此外，扎西卡属于犯罪未遂。

针对这些辩护观点，公诉人一一进行了反驳：

首先，一审判决认定的证据可以证实，糯康集团以糯康为首领，长期在湄公河流域进行违法犯罪活动，属于成员众多、组织结构完备、以犯罪为业的典型武装犯罪集团。

其次，所谓首要分子是指犯罪集团中起组织、领导、策划、指挥作用的成员。根据法律规定首要分子可以是一名，也可以是多名。在糯康犯罪集团中，糯康负责集团犯罪活动的指挥、策划和集团的管理、保障；桑康·乍萨负责集团具体活动的指挥、集团成员的训练。监督指挥翁蔑等人执行指令；依莱负责管理船只、收集湄公河船只信息、组织具体行动；扎西卡、扎波等集团成员接受糯康等人的指挥，实施具体的犯罪行为。由此可见，糯康、桑康·乍萨、依莱等人在集团中分工负责、共同管理，三人均是犯罪集团的首要分子。

再次，具体到2011年10月5日的案件中，桑康·乍萨和依莱虽然不是犯意的提出者，但二人与糯康共同预谋、策划了整个犯罪计划，按照糯康的安排，由依莱指挥眼线、选择地点、勾结不法泰国军人，并在现场直接下令开枪杀人；桑康·乍萨则负责指挥督促翁蔑等人劫船、杀人、放毒。正是在三人的合力操控下，翁蔑带领扎西卡、扎波、扎拖波等集团成员实施了犯罪行为，整个过程充分体现了三人作为犯罪集团首要分子的作用。

扎西卡、扎波是不是胁从犯？公诉人提出，从糯康集团的惯常实施模式来看，二人是长期以参与糯康犯罪集团为业，犯罪具有明显的主动性，其根据集团的指挥，长期、多次伙同他人实施武装劫船、绑架等严重暴力犯罪，此次参与劫船杀人，没有违背其根本意志。从事实证据看，二人在参与"10·5"案件过程中都向中国船员开过枪，在案的其他证据不能证实二人受到过胁迫。因此，扎西卡、扎波不是胁从犯。

还有，扎西卡是不是犯罪未遂？公诉人从四个方面予以辩驳，证实扎西卡是犯罪既遂。

第一，被害人黄勇的尸检报告证实其死亡原因为脑部中枪，现场勘验、枪弹鉴定、弹道调查报告也均证实黄勇脑部枪伤系口径9毫米的手枪子弹形成。第二，扎西卡本人的供述始终认可其枪击黄勇时所持的就是该种手枪，并且是第一个近距离向黄勇开枪的人。第三，在一审中，泰国方面的专家证人证实，扎西卡所用的子弹、射击的方向能够形成黄勇头部的致命创口。第四，扎波也证实扎西卡射击黄勇的犯罪事实。

唇枪舌剑不断升级。辩护律师又提出：本案有泰国不法军人参与，是多因一果，应当对上诉人从轻、减轻处罚。

公诉人对此也进行了反驳：刑法理论中的"多因一果"是指多个相互没有关联性的原因共同造成了一个结果。在本案中，虽然存在糯康集团和不法泰国军人两个原因，但二者是相互关联、相互联系的，是共同犯罪，不是多因一果。本案中糯康犯罪集团与不法泰国军人相互勾结，在事前进行合谋，双方的行为共同造成了中国船员的死亡这个结果，他们的行为是共同犯罪的有机组成部分，是典型的一因一果。糯康犯罪集团是犯意的提出者、劫持船只和运输毒品的实施者，更先于不法泰国军人对中国船员开枪射杀，不能因为不法泰国军人的参与而对各上诉人从轻、减轻处罚。本案是有组织、有预谋的严重集团暴力犯罪，相较于一般的共同犯罪，具有更大的主观恶性、更严重的社会危害性和人身危险性，因此对该集团的首要分子和主要成员应当从重处罚。

经过了三个多小时的交锋，在最后的总结性发言时，公诉人提出，一审判决中，法院认定事实清楚，证据充分，定罪准确，量刑适当，彰显了中国司法公正。同时，糯康等人进行的民事赔偿属于应当的民事赔偿，虽然是一种悔罪表现，但考虑到整个案件的危害，这不足以减轻其罪责，故应维持原判。

鉴于案情重大，审判长宣布休庭后合议庭进行评议，案件择期宣判。

同年 12 月 26 日，云南省高级人民法院进行二审宣判，裁定驳回上诉、维持原判，并根据《中华人民共和国刑事诉讼法》的规定，对糯康、桑康·乍萨、依莱、扎西卡的死刑裁定，依法报请中华人民共和国最高人民法院核准。

法庭上静悄悄的，每一个人都在凝神屏气倾听，只有审判长洪亮的宣读声回响在熠熠生辉的国徽之下。带着同声传译器的糯康等人一脸僵硬地听完了判决书，旁听的部分被害船员家属眼中泪光闪动——凶手即将伏法，终于可以告慰亲人们的在天之灵：

华平号船长黄勇，殁年 40 岁；

华平号大副邱家海，殁年 57 岁；

华平号驾驶员王建军，殁年 36 岁；

华平号驾驶助理蔡方华，殁年 52 岁；

华平号船员杨应东，殁年 29 岁；

华平号船员李燕，女，殁年 28 岁。

玉兴 8 号船长杨德毅，殁年 36 岁；

玉兴 8 号水手杨植炜，殁年 18 岁，船长杨德毅之子；

玉兴 8 号大副王贵超，殁年 46 岁；

玉兴 8 号驾驶员文代洪，殁年 32 岁；

玉兴 8 号船员曾保成，殁年 36 岁；

玉兴 8 号船员何熙行，殁年 45 岁；

玉兴 8 号炊事员陈国英，女，殁年 41 岁，船员何熙行之妻。

套用一句经典台词："出来混，迟早是要还的。"一代毒枭糯康，终于走到了末路。人之将死，其言也善。审讯民警与糯康进行了详细的交谈，此时的糯康完全打开了自己的内心世界，44年的黑色人生如同浮光掠影般展现在眼前————

六、罪恶归于尘土

罪恶归于尘土

1. 糯康的最后时刻

庭审中，糯康等人还因另一起"4·2"劫船绑架案件受到指控——

2011 年 4 月 2 日，桑康·乍萨、扎西卡、扎波等人受糯康指使，在湄公河挡石栏滩头将中国货船"渝西 3 号"船长冉曙光及老挝金木棉公司的客船"金木棉 3 号"船长罗泽富劫持为人质。4 月 3 日，又在孟巴里奥附近水域将中国货船"正鑫 1 号""中油 1 号""渝西 3 号"劫持，将 15 名中国船员扣押为人质。罗泽富、冉曙光在被关押期间，遭到捆绑、殴打，被迫与老挝金木棉公司和"正鑫 1 号"出资人于某某联系交钱赎人。4 月 6 日，依莱收到赎金 2500 万泰铢后，罗泽富、冉曙光等人获释。

检方仅对"10·5"和"4·2"这两起性质最为恶劣、影响最为严重的案件进行公诉，就足以让糯康及其集团成员受到最严厉的法律制裁。事实上，经过办案人员的细致审讯和一一梳理，糯康犯罪集团针对中国人作案远不止这两起——

2008 年 2 月 25 日，在老挝"老岳哥"水域附近，向西双版纳州公安局水上分局"007号"快艇开枪扫射，我国两名民警和一名船员身负重伤，快艇被严重损毁。

2008年3月10日，在象蜡浅滩水域靠缅甸一侧，向下游行驶中的中国籍船只"中山3号"开枪射击，但没有人员伤亡。

2009年2月18日，在孟喜岛附近向"宏源3号""中油1号""富江3号""盛达号"等四艘中国船只开枪射击，造成一名船员死亡。

2011年是糯康集团作案最为疯狂的一年，包括"10·5"和"4·2"案件在内，一共有24起：

2月25日，在会龙河口将中国籍船只"滇渝号"拦截劫持，抢走现金及物品共计价值5000元。

5月2日，在湄公河距离老挝金三角特区上游约50公里处水域，枪杀老挝、中国各1人。

6月10日，在"三颗石"附近水域拦截搜查中国籍货船"任达6号"和"嘉翔9号"，抢走财物价值5000余元。

7月12日，在"三颗石"附近水域拦截搜查中国籍货船"金水8号""澜沧江6号"和"澜沧江8号"，抢走财物价值1.5万余元。

8月23日，在"三颗石"上游两公里水域拦截搜查中国籍货船"金孔雀1号"和"滇渝号"，抢走财物8万余元。

10月5日，劫持"玉兴8号"和"华平号"行驶到泰国清盛，将杨德毅、黄勇等13名中国船员全部杀害。

……

2008年以来，糯康犯罪集团针对中国籍船只和公民实施抢劫、枪击犯罪28起，致死16人、致伤3人。

因果循环，善恶有报。这些案件也进一步折射出糯康集团当年在湄公河上的凶残霸道和肆无忌惮。套用一句经典台词："出来混，迟早是要还的。"一代毒枭糯康，终于走到了末路。

2013年3月1日，高原之城昆明。

根据中国最高人民法院院长签发的执行死刑命令，制造了"10·5"湄公河惨案的四名罪犯糯康、桑康·乍萨、依莱、扎西卡，将伏法受诛。

云南省看守所负责人介绍，2月24日向糯康、桑康·乍萨、依莱、扎西卡宣读死刑复核裁定之后，4名罪犯虽然没有过激行为，但在情绪上波动很大，糯康的血压猛地升到了

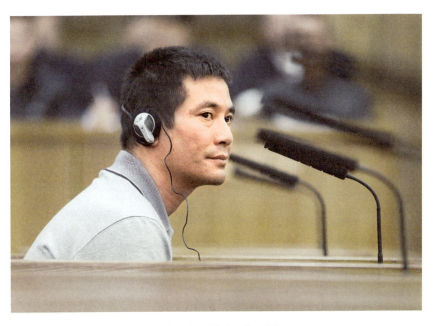

糯康当庭翻供（王申　摄）

170毫米汞柱，依莱当场昏倒。经过救治后，他们才恢复到正常状态。

公安监管部门本着人道主义原则，尊重即将执行死刑犯人提出的要求，例如执行时穿什么衣服，想吃些什么，在法律允许范围内给他们以满足。四名死刑犯中，有些人已经准备了遗书，在28日上午部分罪犯家属前来探视时进行了转交。

不仅在死刑执行阶段，整个羁押期间，公安监管部门都充分保障了他们的合法权益。

云南省公安厅监管总队总队长赵彪说，看守所从一入所就告知他们享有的权利和应履行的义务。到监所后，按照一日生活制度安排他们的生活。尊重他们的宗教信仰、饮食习惯，同时在执法管理中一视同仁，和中国其他在押犯罪嫌疑人同样对待，没有歧视。在接到死刑复核裁定书后，看守所将他们从原来六至八人一间的监室换到单独看管的监室，采取了一系列监管措施，以防发生意外。

紧张、恐惧、情绪不稳定，恐怕是糯康等人的人生最后写照。在死刑一天天临近的巨大心理压力下，他们虽然按照时间作息，但辗转反侧，稳夜难眠，尤其是桑康·乍萨表现得尤为明显，每过一会儿就提出要上厕所。

在等待死刑的日子里，糯康又在想些什么？

民警问他这几天睡得怎么样，两眼布满血丝的糯康说："两天睡不着了。想我娃，想老婆，想我妈。"他说，在看守所里想得最多的就是母亲、妻子和子女。原本他还想老了和子女们生活在一起，过普通百姓的生活、农民生活，不想再干坏事了。

提到他的孩子，糯康非常留恋："我希望子女不要像我一样，要好好读书生活工作。"在一年多没有见到子女的日子里，糯康白天想，做梦也想。身陷囹圄的他，才明白不能和家人在一起是件痛苦的事。糯康还提到，他被抓的事没告诉母亲，就是怕她伤心。

根据法院的审判，糯康共赔偿了受害人家属600万元人民币。他也承认，这些钱是不能弥补13条人命的。

人之将死，其言也善。审讯民警与糯康进行了详细的交谈，此时的糯康完全打开了自己的内心世界，44年的黑色人生如同浮光掠影般展现在眼前——

"我的出生地在缅甸腊戌孟瑞，那时，父母有多大年纪我说不清楚。我只知道是17岁就离开家乡了。我爷爷是西双版纳人，他是中国土改时跑出去的。当时我家里主要的经济来源就是种田，家境很贫穷。我没有上过学，把上学的机会让给了我的姐姐、弟弟、妹妹了，我所学的文字都是姐姐教我的。"

"我这一生中最难忘的事，就是父亲吸毒造成家境贫寒，我无法上学。1986年，我17岁就参加坤沙部队在泰国清迈美斯禾泰缅边境的蒙太军了。为了生存，当时我是自愿加入的，主要负责养马。我就是那时候和依莱、桑康·乍萨认识的。当时依莱、桑康·乍萨都是长官，依莱是负责后勤记账的，我是桑康·乍萨的手下。当兵两年后，我就在缅甸大其力县勐海讨到了大老婆玉香嫩，并开始为坤沙部队在勐海一带负责伐木工作，一直干了八年。1996年，坤沙投降后，我们没有供养，还被攻打，后来我们也向缅甸政府投降了。我带着164人去勐萨投降，交了武器被放出来后，我就去大其力帮人开车讨生活，当时我配有手枪和M16步枪，手枪被我卖了，M16被我上交了。"

"在坤沙部队的10年间，我印象最深的就是参加与缅甸军队的作战，一共19次，我可以说是在战争的枪炮声中长大的。我在坤沙部队的时候做到了少尉，依莱做到了中校，桑康·乍萨做到了上校。我曾经在远处见过坤沙，但没和他说过话，如果坤沙不投降的话，我还可以当更大的官。"

"翁蔑也是坤沙部队的人，后来被缅军俘虏，坐了10年牢，出来后与依莱见面，加入了我们的组织。从2006年开始，我就在湄公河守着这条江生活。"

"我一生共有三个老婆，跟我生过娃娃的有两个，一个是大老婆玉香嫩，另一个叫玉蕃，最小的老婆叫玉满。玉满没有父母，很可怜。三个老婆我都喜欢，其中我最喜欢的是玉香嫩，她曾经帮我挡过子弹，还给我生过七个娃娃，和我是患难夫妻，我们感情很好，如果我有十分爱，会给玉香嫩八分。"

"在我的感情生活中，最难忘的就是玉香嫩帮我挡子弹。当时我在坤沙部队，在山上伐木，缅军来清剿我们，玉香嫩帮我挡了缅军射过来的3颗子弹，受了伤，我抱着她和娃娃一起跑去米塞治疗。"

"回想我一生最大的磨难，一个就是1991年在大其力伐木时，一个是2006年在湄公河起家时什么也没有的时候，还有就是被缅甸、老挝清剿27次，我们共打死缅甸军警20多人，还打死过一个老挝军人。"

"我最难过、情绪最低落的时候是 2011 年 12 月 6 日，在会迈海被老挝清剿后，我们一直不停地遭到来自各方面的清剿。我不得不到处躲藏，那段时间我都是一个人，因为我不信任翁蔑、桑康·乍萨他们，没有和他们在一起。我还怕别人在饭菜里下毒，外边拿来的再好的菜也不吃，包括弄罗送来的虾我都不吃，我都是自己做了吃。"

"我后来之所以离开散布岛（大本营），是因为四国联合巡逻执法船过来了，我就跑到了缅甸的会巴卡、老挝的雷昂村。"

"你问我这一生有什么理想？我没有读过书，也没有什么理想，只是不想有战争，也不想有什么纷争，我想在家种田，再有一个鱼塘。"

"我之所以会去散布岛收保护费、抢劫、杀人，是因为之前有人陷害我，其他地方我都待不下去了。在'金三角'这个地方，毒品是公开摆着卖，贩毒有了钱就去赌博，输了再去贩毒，好人也会变成坏人。"

"如果我还可以

糯康在庭审中忏悔（王申　摄）

从头开始，最想做的事就是回家，和家里人一起过日子，种地、养鱼。我也想过上没有战争和毒品的好日子，现在这样也不是我想要的。"

此时此刻，糯康表露出的都是一个父亲、丈夫、儿子的心情。但是他在行凶作恶时，是否又想到过受害者的子女亲属呢？

由于要参加全国"两会"报道，执行死刑时我没能到昆明。我的同事现场目睹了他们生命终结前的最后时刻，也拍摄下了死刑执行前的最后影像——

1日上午，云南省看守所一如往常。严格的生活制度，对死刑犯也不例外。

10时许，云南省看守所内的一些重点路段开始实施警戒，以确保死刑执行顺利进行。

中午，根据四人不同的饮食习惯，看守所为他们准备了午餐，桌子上摆上了各类水果。

13时20分，糯康坐在床上穿好了裤子。在特警看守下，糯康快步走向洗手池，手捧凉水浇在额头上，并喝下了一小口。他很小心地整理着自己的衣服，拿毛巾擦了脸后，用嘴咬着上衣衣角，把白色内衣塞进运动裤，动作麻利。坐下不到5分钟，糯康起身拿起一小卷卫生纸，抽出不长的一段，放进裤子口袋里。再次落座后，糯康又将袜子拉直，用裤子盖上，再次检查自己的着装——淡绿色上衣、蓝色裤子和一双黑色布鞋。

13时35分，多辆警车驶入云南省看守所。每名罪犯将由两名特警、两名警察、两名法官、两名检察官负责。法官核对罪犯身份，检察官就死刑合法性进行全程监督。每名罪

罪恶归于尘土
ZUIEGUIYUCHENTU

死刑执行前的糯康（王申　摄）

糯康在警车中等待被押赴刑场（王申　摄）

糯康被押赴刑场（王申　摄）

犯将各乘一辆警车。

13时52分，特警已严阵以待。13时58分，两名警察在看守所窗口履行提押犯人的法定交接手续，出示了盖着红章的文件并进行登记、签字。

14时01分，糯康被两名特警、两名警察缓缓带出看守所。他的表情较为平静，在核实身份时甚至做出了一个似笑非笑的表情。随后，糯康被带上刑车。

14时05分，桑康·乍萨同样由两名警察、两名特警押出，他表情凝重，整个过程表现得一直比较平静。14时08分，他被押上刑车。

14时10分，依莱被带出。他神情沮丧，身穿黑灰白条纹T恤。

14时14分，依莱被押上刑车。

糯康人生中的最后背影（王申　摄）

几乎同时，扎西卡也被警察带出，身穿暗红色横条纹 T 恤的他眼珠不停转动，表现得比较惶恐，眼神绝望。经历了同样的程序后，他在 14 时 17 分被押上囚车。14 时 19 分，法院的警车缓缓驶离看守所。

检察机关对糯康等罪犯死刑执行进行了临场监督：查明最高法院核准死刑的裁定、命令；死刑执行场所、方式是否合法，核对罪犯身份，询问是否有遗言、遗札；询问是否有需要停止死刑执行的事项如检举等；询问执行过程中是否侵犯罪犯人身权、财产权及亲属合法权利。

最后，注射死刑在一处保密地点的房间里执行。

毒枭糯康等人依法伏诛，给遇害中国船员的家属带来了些许安慰。

"华平号"遇难船长黄勇的妻子说，家里至今还放着黄勇的遗照，"照片在，就感觉人好像也在"。从不喝酒的她和 13 岁的孩子一起喝了点酒，因为想让孩子永远记住这个日子。"凶手死了我也高兴不起来，只能说有一些安慰。不管怎样，黄勇都回不来了。"

黄勇的妻子曾想到昆明亲眼看到糯康等人受刑，但没有得到同意。她说，糯康等人被执行死刑时，她在家看电视直播，还要给黄勇上上香、说说话。"事情已经发生了，我一定会带好孩子。糯康为什么对无冤无仇的人这么残忍？到现在我都感到不可理解。"

邱家海的儿子说，二审宣判后，春节上坟时已经告慰了父亲的亡灵。一方面，他仍然很伤心，不愿揭这块伤疤；另一方面，他感到安慰，因为政府做了很大努力才有这个结果，自己很感激也很感动。

2. 会不会有下一个糯康

"糯康是'金三角'所有武装犯罪团伙中的老大，擒贼先擒王，他这一落网，对其他的小团伙是极大震慑，以后跑船要安全得多了。"在湄公河跑船的船员们感慨。

同时，他们也表达了深深的忧虑："打掉一个糯康，会不会出现第二个、第三个？"

"我们判断，短期内不会出现；但长期来看，确实存在这个可能性。"刘跃进说。就案发地"金三角"而言，人们迷恋于她的神秘和美丽，也应正视她的问题——笼罩"金三角"的巨大"毒"影，才是导致该地区治安混乱、犯罪横行的根本因素。

这里，让我们再次端详一下"金三角"的前世今生。

"金三角"，指泰国、老挝、缅甸三国交界的一块三不管地带，大致包括缅甸北部的掸邦、克钦邦，泰国的清莱府、清迈府北部，以及老挝的琅南塔省、丰沙里、乌多姆塞省和琅勃拉邦省西部，总面积约15万—20万平方公里，共有村镇3000多个。平均海拔1500—3000米，土地肥沃，气候温湿，重峦叠嶂。东南亚地区长日照、低纬度、高湿度的特点极利于动植物的生长繁衍，形成了当地特有的雨林性气候。

湄公河是"金三角"形成的一个重要地理原因，河道将崇山峻岭拦腰切断，造就了无数的峡谷和绝壁，形成了大片交通死角。因此，"金三角"地区与发达地区的联系较少，相关国家在很长时间内难以进行有效控制。但这也给众多民族的生存繁衍，以及各种割据势力创造了极好的生存和回旋之地。

"金三角"地区盛产罂粟，由当地军阀、毒枭制造鸦片、海洛因等毒品，与阿富汗、伊朗、巴基斯坦边境的"金新月"地区，哥伦比亚、委内瑞拉交界的"银三角"地区并称为世界三大毒源，因此更增添了无数神秘色彩。

如今，"金三角"地区已成为一个著名旅游地，每年都吸引着无数的游客慕名而来。著名的"金三角"牌坊，是"金三角"地区的象征，位于泰国古城清盛附近的 Sobru AK 村，与缅甸、老挝隔河相望。牌坊由大理石制成，高 4 米，上面用泰、英两种文字刻着："金三角"（Golden Triangle）。站在牌坊下，回望历史烟云，有太多的神秘故事，曾经在这片土

蓝天白云下的金三角牌坊（孙熙稳　摄）

"金三角"及周边地区示意图
○ 中国云南部分出入境口岸
■ 境外城镇
◎ 各国首都

地依次上演。

　　1825 年，一支英国武装考察队到达今天的"金三角"地区。这支考察队抱着勘察地形、吞疆纳土的贼心，用当地人从未见过的先进武器，驱逐了大部分原住民，并以"金三角"北部的果敢为大本营安营扎寨。通过全面考察，英国人认为此地非常适于种植鸦片，历经三年试种成功，开始在当地大面积种植。收获的鸦片则大部分销往中国内地。

英国人的行动遭到了当时缅王朝的强烈反对，当地的掸邦群众奋起斗争，清政府也出面干涉，很快将之驱逐。但是，以侵略扩张为基本国策的英国，已充分了解到缅甸的经济价值和战略价值，很快以英属印度为基地对缅甸开战，两次武装占领，灭亡了缅王朝，并将其并入印度，作为一个省份。

1886 年 7 月 24 日，清王朝在武力胁迫下，与大英帝国签订屈辱的《中英会议缅甸条约》，将云南南部的果敢、班洪四县割让给英国。这样，英国人全面控制了"金三角"地区，开始大肆播种罪恶的种子，役使当地人民种植鸦片，最终使"金三角"变成"毒三角"，成为包括当今英国政府在内的西方国家强烈指责的毒品源头。

历史的时针转到了 1949 年。原国民党云南地区的第八军，在被中国人民解放军击败后，退入"金三角"地区，与滞留当地的原国民党抗日远征军残部合并为 93 师。93 师无法退回台湾岛，被蒋介石命令驻扎于"金三角"地区，等待"光复大陆"时东山再起。当时台湾地区作为联合国成员国，被泰国政府以"非法在他国领土驻军"上诉联合国。台湾对这个客观军事力量的存在无法否认，要求他们撤回。但由于种种原因，只有极小部分人历经千辛万险抵达了台湾，绝大部分人留了下来，保留军事力量以防泰国围剿。

在解放军手下屡战屡败的 93 师，面对泰国军队却是游刃有余，让泰国政府不敢小视，于是主动谋和——泰国政府在"金三角"提供一片区域供 93 师定居，但不得离开该地；作为交换，93 师帮助围剿让泰国政府感到棘手的泰共游击队。

当蒋介石"反攻大陆"的美梦破灭之后，这支飘荡在异国的中国军队便成了"没娘的孩子"。因"金三角"地区过度贫穷，很难种植粮食，加上缺医少药，93师和当地人便以种植罂粟为生，并作为药品服用。

20世纪50年代，"金三角"地区形成了第一个鸦片生产高潮，20世纪60年代进入"黄金时代"，产量从数十吨上升到200吨左右，20世纪80年代初，产量已达700吨左右；1988年增至1200吨，1989年翻一番，达2400吨，1991年突破3000吨大关。随后，在泰国政府的禁毒攻势下，毒品产地大多转移到缅甸境内。但"金三角"地区仍然是世界上最大的毒品产地，年产鸦片2650吨至2800吨，年产海洛因约200吨。

"金三角"地区又被称为"冒险家的乐园"。20世纪曾出

美丽而罪恶的罂粟花

金三角赌场（孙熙稳　摄）

金三角村寨

现过一些名噪一时的大毒枭，以及多股武装割据力量，如坤沙、罗星汉、彭家声等，他们组织了一批装备精良的地方武装，与缅甸、泰国等政府周旋于抗衡与臣服之间，争取到自治权，为制毒贩毒提供便利。

20世纪70年代后期到80年代前几年，缅、泰两国加紧了对坤沙集团的进攻，同时联合国在"金三角"地区推行谷物和咖啡替代罂粟种植政策。一段时间内，罂粟产量大幅下降，"金新月"一度取代"金三角"成为世界最大的鸦片产地。

然而，1986年以来，"金三角"地区的罂粟生产迅速恢复，产量急剧增加，大大超过历史最高纪录，再次成为世界头号鸦片产地。公认的说法是，每年"金三角"地区贩运的海洛因占世界总量的60%—70%，海洛因的年生产能力可满足全球两年的消费量。

1996年1月，坤沙集团向政府投降。但这一地区的毒品生产并未停止，直到2005年，有关各方才宣布停止罂粟种植，大规模转型生产稻米、蔬菜和甘蔗。2006年，云南公安禁毒部门通过卫星遥感监测等手段测量，"金三角"地区罂粟种植面积约20万亩，已降至100年来的最低点，但近年又有所反弹。

毒源不除，"金三角"难安。这已成为各国的共识。

"毒"名远播的"金三角"地区，发展到2013年的今天，在鸦片、海洛因等传统毒品还没有得到有效打击情况下，新型毒品如冰毒、K粉等又来势凶猛。

"湄公河'10·5'案件后，我们也在反思，禁毒不能关起门来，不能局限于国内。"云南省公安厅禁毒局局长胡祖俊

金三角风光（孙熙稳　摄）

说，受暴利驱使、枪毒合流、武装贩毒在"金三角"地区非常突出，并向周边数国滋生蔓延。因为没有天然屏障，也没有明显的界限，很多地方无人把守，贩运毒品的通道很多。

为了从根本上铲除毒源，我国从 1998 年之后，在"金三角"地区帮助有关国家大力推行替代种植。面对暴力抗法、武装贩毒突出，贩毒从全靠手工到利用高科技，藏毒手段多达 800 多种的严峻形势，我国采取了查缉毒品、戒毒康复、宣传教育等多种手段，社会的拒毒、反赌、识毒能力明显增强；形成了现今 3000 名民警和 16000 名公安边防官兵组成的强大专业禁毒队伍，总结出堵通道、打集团、摧网络、抓毒枭的思路，广泛发动群众监督、揭发、举报；禁毒装备不断

国际禁毒日焚毁毒品（孙熙稳　摄）

国际禁毒日焚毁毒品（孙熙稳　摄）

更新，科技水平逐年提升。

2011 年，云南省查获的毒品共 13.5 吨，创历史新高。以毗邻"金三角"地区的西双版纳州为例，2012 年一季度查获的涉 10 公斤以上毒品案件就超过 30 起。其中，2012 年 4 月，中国和老挝警方破获一起特大贩毒案，查获冰毒高达 1.5 吨。

"境外的政治经济形势较为复杂，要做好长期斗争的准备。"云南省公安厅副厅长严尚智说。近年来，中国与老缅泰等国之间双边和多边禁毒合作机制不断完善，有力打击了跨境、跨国毒品犯罪的猖獗态势。下一步，中国将进一步深化与有关国家的禁毒合作，积极开展双边和区域性执法联合行动，采取有效手段摧毁该地区的贩毒团伙和网络。

3. 中国人如何"安全走出去"

禁毒之外，湄公河"10·5"案件引发的另一个思考，就是如何保护海外中国人的安全。

谈起这个问题，很多人可能会想到一句话：犯我中华者，虽远必诛。杀害中国公民的人，无论逃多远，都应最终落入法网。这是中国人的正义呼唤，也将是各国政府愿意配合中国实现的正义行动。

当前，我国在经济上的"走出去"已取得举世瞩目的成就，越来越多的中国公民赴境外经商、旅行、留学、务工、生活，但安全方面的"走出去"还跟不上现实需要。从 2011 年紧急撤离中国驻利比亚人员三万余人，再到 2013 年 169 名中国采金人员在加纳被抓扣，中国公民的人身安全和合法权益在海外能否得到有效保护，承载着海内外华人的殷切希望，也越来越紧迫地考量着中国政府的智慧和力量。

国家之间的合作应当从经济往来向政治互信、安全合作转变。与国际社会通行的做法一样，目前我国保护境外公民的主要手段，是通过当地政府配合，遵循当地法律开展国际执法合作。由于各国政治、法律、文化等方面的差异，国际执法合作在现实进展中困难重重，中国近年来一直在为此努力，正是为了破除这些障碍。

有专家指出，湄公河"10·5"案件是开展国际执法合作的成功典范，是一个飞跃，也带来很多启示。一方面，它的成功对整个华人社会是巨大的鼓舞，对有意侵害中国人的外国不法分子则是有力的警告：如果敢铤而走险，可能会落得与糯康一样的下场。另一方面，让每一个境外侵害者依法受到惩处，需要强大的国力做后盾，但仅有国力又是不够的，一次惩罚带来的威慑效应也并非万能，需要有成熟固化的机制，中国与各国的睦邻关系也要朝着保护公共安全的方向实现有效转化。

因此，湄公河"10·5"案件结束之后的工作，就是认真总结侦办成功经验，深入分析跨国犯罪的规律特点，进一步完善国际执法合作机制，拓宽国际执法合作的领域和渠道，深入推进与有关国家在信息交流、联合执法等方面的务实合作，不断提升打击跨国跨境犯罪活动的能力。

事实上，我国在这方面已经具有了一定基础：截至目前，与 189 个国家和地区建立警务合作关系，与 44 个国家的内政警察部门设立了 24 小时畅通的联络热线，与 31 个国家的内政警察部门建立了定期工作会晤机制；签署各类合作文件265份，向26个国家的28个驻外使领馆派驻了47名警务联络官，向联合国总部和8个任务区派遣维和警察1786人次；中国公安部经侦、治安、边防、刑侦、出入境管理、禁毒、反恐等部门，均与有关国家执法部门对口建立了工作层面的直接沟通协调机制，加强了信息共享、案件协查、调查取证、联合办案、缉捕嫌犯等方面的深度合作……一个"全方位、宽领域、多层次、讲实效"的国际执法安全合作框架正在成型。

湄公河"10·5"案件的审理获得了境内外舆论的高度评价，认为"体现了中国的司法主权和司法尊严，体现了中国司法地位的提高"；这也为中国的国际司法合作积累了宝贵的经验，向世人彰显了中国以维护国家利益、公民利益为核心的合作理念和尊重人权、尊重法理的程序规则，看到了未来中国国际司法合作的路径与方向。

哪里有正义，哪里就是圣地。

2013年4月，我再次出差来到云南景洪，参加在这里举行的"平安航道"四国联合扫毒行动启动仪式。此时，中老缅泰四国湄公河联合巡逻执法已成功开展10次，湄公河国际航运和旅游业得以恢复，各国航运船只、船员和沿岸民众的安全感逐步提升。

站在澜沧江—湄公河岸边，目睹滔滔的河水激荡奔流而去，我不禁想起了央视《感动中国》2012年度人物颁奖典礼上，"湄公河10·5案专案组"被授予特别致敬奖时的评语——

在这个世界上，不管在哪一个角落，中国人的生命与尊严永远至上，永远得以维护。

洗冤伏枭录
XIYUANFUXIAOLU

附录一 湄公河"10·5"案件大事记

时间	事件回顾	详情摘要
2011 年 10 月 5 日	"10·5"案件发生	两艘中国商船在湄公河"金三角"地区水域遭劫持，13 名中国籍船员在湄公河泰国水域被枪杀。案件发生后，党中央、国务院高度重视，要求尽快查明案情，缉拿凶手，给遇难者家属一个负责任的交代，切实保护我国人民生命财产安全。 澜沧江—湄公河国际航道航运暂停。
2011 年 10 月 9 日	外交部回应中国船员在泰国遭劫杀事件	中国外交部发言人在 10 日举行的记者会上表示：综合各方信息，10 月 5 日，"华平号"和"玉兴 8 号"两艘船在澜沧江—湄公河水域遭不明身份武装人员劫持和袭击，两船被泰方拦截后，不明身份武装人员逃逸。目前，已确认 11 名中国船员遇难，2 名失踪船员搜寻工作仍在进行之中。
2011 年 10 月 10 日	云南派出工作组处置我船员湄公河遭袭事件	云南省迅速启动突发事件 I 级响应机制，派出工作组查找失踪者、安抚家属、处置善后。9 日，云南省成立工作组；10 日，工作组抵达事件发生地泰国清盛县开展工作。

时间	事件回顾	详情摘要
2011 年 10 月 13 日	中国外交部召见泰国、老挝及缅甸驻华使节提出紧急交涉	中国外交部召见泰国、老挝及缅甸驻华使节提出紧急交涉。遇难船员家属抵达泰国认领亲人遗体。
2011 年 10 月 15 日	中国派出两个联合工作组处理船员遇袭身亡事件	中国外交部、公安部、交通运输部组成两个联合工作组分赴泰国及云南省开展工作。10 月 15 日下午，赴泰国工作组抵达泰国清莱府。同日上午，赴云南工作组抵达云南景洪，看望慰问了自泰国吊唁返回的遇难船员家属。
2011 年 10 月 17 日	中国政府联合工作组勘察事发水域	中国外交部、公安部、交通运输部组成的中国政府联合工作组乘坐泰国警方快艇对中国船员在湄公河遇袭身亡事件事发水域进行勘察。
2011 年 10 月 23 日	13 名中国船员被证实全部遇害	公安部发布消息，"玉兴 8 号"船长杨德毅的尸体已找到。至此，湄公河中国货船遇袭事件中，13 名中国船员被证实全部遇害。
2011 年 10 月 23 日	孟建柱在云南西双版纳召开会议	现任中共中央政治局委员、中央政法委书记，时任国务委员、公安部部长孟建柱在西双版纳召开会议，专题研究处理"10·5"我国货船遇袭事件有关事宜，部署澜沧江—湄公河航道安全工作。孟建柱一行还专程乘船实地考察了澜沧江—湄公河流域航道情况。
2011 年 10 月 23 日至 28 日	中国公安高级代表团赴泰国开展工作	中国公安代表团 23 日晚抵达曼谷。25 日，代表团赶赴泰国清莱府，听取泰国警方关于案件调查工作的介绍。26 日，代表团前往清盛码头，登上"华平号"和"玉兴 8 号"货船，实地查看案发现场和有关物证。

时间	事件回顾	详情摘要
2011 年 10 月 28 日	9 名泰国军人被证实涉案	泰国警察总监飘潘宣布，负责泰国北部防务的泰国陆军第三军区的九名军人因涉及"10·5"中国船员遇害案正在接受调查。
2011 年 10 月 29 日	温家宝与泰国总理英拉通电话	时任中央中央政治局常委、国务院总理温家宝与泰国总理英拉通电话。温家宝要求泰方加紧审理此案，依法严惩凶手，希望中泰老缅四国协商建立联合执法安全合作机制，共同维护湄公河航运秩序。
2011 年 10 月 30 日	孟建柱会见中老缅泰湄公河流域执法安全合作会议三国代表团团长	孟建柱在中国北京钓鱼台国宾馆分别会见来华参加中老缅泰湄公河流域执法安全合作会议的老挝副总理兼国防部部长当斋、缅甸内政部部长哥哥和泰国副总理哥威。
2011 年 10 月 31 日	周永康会见中老缅泰湄公河流域执法安全合作会议三国代表团团长	时任中共中央政治局常委、中央政法委书记周永康在钓鱼台国宾馆集体会见了来华出席中老缅泰湄公河流域执法安全合作会议的老挝副总理兼国防部部长当斋、缅甸内政部部长哥哥和泰国副总理哥威。
2011 年 10 月 31 日	中老缅泰湄公河流域执法安全合作会议在京举行	会议针对湄公河流域严峻的安全形势，研究建立中老缅泰四国在本流域的执法安全合作机制，并进一步协调各方立场，彻底查清"10·5"案件案情。会议通过了《湄公河流域执法安全合作会议纪要》，发表了《关于湄公河流域执法安全合作的联合声明》，达成广泛共识。
2011 年 11 月 3 日	"10·5"案件联合专案组成立	由公安部、云南省公安厅、西双版纳州公安局及国内相关执法部门组成的"10·5"案件联合专案组成立。公安部禁毒局局长刘跃进出任专案组组长。

时间	事件回顾	详情摘要
2011 年 11 月 25 日至 26 日	中老缅泰湄公河联合巡逻执法部长级会议召开	中老缅泰四国执法安全部门代表在中国北京举行中老缅泰湄公河联合巡逻执法部长级会议。会议同意自 2011 年 12 月中旬开始，在湄公河流域开展联合执法。
2011 年 12 月 9 日	云南公安边防总队水上支队成立，湄公河联合巡逻执法誓师	云南公安边防总队水上支队在云南西双版纳正式成立，并举行湄公河联合巡逻执法誓师大会。这支队伍将作为我国第一支承担国际河流联合巡逻执法的队伍，参与中老缅泰湄公河联合巡逻执法，共同维护湄公河治安秩序。
2011 年 12 月 9 日	中老缅泰湄公河联合巡逻执法联合指挥部成立	中国、老挝、缅甸、泰国湄公河联合巡逻执法联合指挥部在云南西双版纳关累港码头揭牌，此举标志着中老缅泰四国执法警务合作的新平台正式建立。
2011 年 12 月 10 日	中老缅泰湄公河联合巡逻执法正式启动	中国、老挝、缅甸、泰国湄公河联合巡逻执法首航仪式 10 日在云南西双版纳关累港举行，四国联合巡逻执法正式启动。10 艘商船跟随联合巡逻执法船一同起航出发，湄公河国际航运黄金水道恢复通航。12 月 13 日，联合巡逻执法船顺利返航，任务全线安全圆满完成。
2011 年 12 月 13 日	依莱被抓获	专案组锁定了糯康集团三号人物依莱的具体位置及动向，协调相关国家警方，在依莱从老挝万象前往中老边境地区的必经之路上将其抓获。
2012 年 1 月 16 日	中老缅泰湄公河联合巡逻执法任务再次胜利完成	湄公河联合巡逻执法船胜利完成第二次联合巡逻执法任务，抵达中国云南关累。在湄公河孟喜岛上游会龙河口遭不明身份人员枪击的中国"盛泰 11 号"商船，在中国巡逻执法船的护卫下同期安全抵达。

洗冤伏象录
XIYUANFUXIANGLU

时间	事件回顾	详情摘要
2012 年 4 月 21 日	桑康·乍萨被抓获	糯康集团二号人物桑康·乍萨独自离开营地。专案组立即通知有关国家警方，通力合作之下将桑康·乍萨抓获。
2012 年 4 月 25 日	糯康被抓获	在中老警方合作下，四面楚歌、走投无路的"金三角"地区特大武装贩毒集团首犯、湄公河惨案首犯糯康在老挝波乔省敦棚县孟莫码头附近被抓获。
2012 年 5 月 10 日	糯康被移交中方	10 日上午 11 时，糯康由老挝依法移交中方。下午 16 时，糯康被押送抵京，中国警方向糯康宣读逮捕令。当日 23 时，糯康被押解至云南"10·5"专案组工作基地。
2012 年 6 月 28 日	案件进入诉讼阶段	专案组移师昆明。云南省检察机关介入，"10·5"案件全面进入诉讼阶段。
2012 年 7 月 2 日	泰国向 9 名涉案军人发出逮捕令	泰国警方当日表示，通过在泰北、缅甸、老挝和中国进行调查，询问 109 名案发前后的目击者，警方已获得明确证据，证实 9 名泰国军人涉嫌杀害中国船员。泰国警方当天对 9 人发出逮捕令，这些人面临两项指控：参与杀人、藏匿尸体。泰国警方证实，中国商船没有夹运毒品，船上毒品是"一伙黑衣人"栽赃。
2012 年 7 月 8 日至 12 日	孟建柱访问老挝、缅甸、泰国	孟建柱就推动湄公河执法安全合作与三国领导人和相关部门进行会谈，并赴泰国清盛实地察看湄公河惨案事发地。他再次强调，希望"10·5"案件尽快进入审判程序，依法惩处所有涉案人员，并且进一步深化四国安全合作，改善该地区治安形势。

时间	事件回顾	详情摘要
2012 年 7 月 17 日	老挝警方来华提审犯罪嫌疑人	应中国公安部邀请，由老挝公安部警察总局局长西沙瓦任组长的老挝公安部工作组，专程来华提审"金三角"地区特大武装贩毒集团及"10·5"案件主犯糯康等犯罪嫌疑人。
2012 年 7 月 19 日至 23 日	中国专家工作组前往泰国会商案件	中国公安部派出专家工作组前往泰国，与泰方就"10·5"案件进行会商，相互通报了各自掌握的案情，并交换了相关证据材料。
2012 年 7 月 27 日至 8 月 28 日	中国联合工作组赴缅甸开展工作	联合工作组与缅警方和军方负责人就进一步推进"10·5"案件下一步工作、开展联合审讯、调查取证、移交嫌犯等磋商交换意见，研究落实措施，取得积极成果。
2012 年 8 月 6 日	泰国警方来华提审犯罪嫌疑人	由泰国警察总署副总警监班西里担任团长的泰国高级警官代表团，专程来华提审"金三角"特大武装贩毒集团及"10·5"案件主犯糯康等犯罪嫌疑人。
2012 年 8 月 21 日	缅甸军警联合工作组来华提审犯罪嫌疑人	缅甸军警联合工作组抵达昆明，专程来华提审"金三角"特大武装贩毒集团及"10·5"案件主犯糯康等犯罪嫌疑人。
2012 年 8 月 28 日	翁蔑被移交中方审讯	经过协商，缅甸警方同意把糯康集团四号人物、犯罪嫌疑人翁蔑移交中方审讯。8 月 28 日，翁蔑被中国警方从西双版纳打洛口岸押解回国。
2012 年 9 月	糯康等人被提起公诉	糯康、桑康·乍萨、依莱、扎西卡、扎波、扎拖波等 6 名被告人被昆明市人民检察院依法提起公诉。

时间	事件回顾	详情摘要
2012 年 9 月 20 日	"10·5" 案件一审开庭	"10·5" 案件在昆明市中级人民法院开庭审理。 公诉机关指控：一、2011 年 9 月底至 10 月初，长期盘踞在湄公河流域散布岛一带的糯康犯罪集团，为报复中国船只被缅甸军队征用清剿该组织，同时为获取泰国不法军人的支持，被告人糯康先后与被告人桑康·乍萨、依莱及涉嫌参与本案的翁蔑、弄罗（2 人均另案处理）策划劫持中国船只、杀害中国船员，并在船上放置毒品栽赃陷害船员。按照糯康的安排，依莱在湄公河沿岸布置眼线、选定停船杀人地点，并和弄罗与泰国不法军人具体策划栽赃查船等事宜。在糯康的指挥下，翁蔑带领温那、碗香、岩湍、岩梭等人（均另案处理）于 2011 年 10 月 5 日早，持枪劫持了中国船只"玉兴 8 号""华平号"，捆绑控制了船员，并将事先准备好的毒品放置在船上。被告人扎西卡、扎波、扎拖波接到翁蔑通知后亦参与武装劫船，并将船只劫至泰国清莱府清盛县央区清盛一湄赛路 1 组湄公河岸边一鸡素果树处停靠。翁蔑、扎西卡、扎波等人在船上向中国船员开枪后驾乘快艇逃离。后泰国不法军人向两艘中国船只开枪射击，尔后登船继续射击，并将中国船员尸体抛入湄公河。经现场勘查，在两艘船只上查获 91.96 万粒、共计 84516.01 克甲基苯丙胺。被害的 13 名中国船员尸体经鉴定，均系枪弹伤致死。 二、糯康犯罪集团长期在湄公河流域非法拦截、检查往来船只、强取财物。2011 年 4 月 2 日，被告人桑康·乍萨与涉嫌参与本案的翁蔑（另案处理）及被告人扎西卡、

| | | 扎波等人，将中国货船"渝西3号"船长冉曙光及老挝客船"金木棉3号"船长罗泽富劫持为人质。2011年4月3日，糯康犯罪集团成员又劫持中国货船"正鑫1号""中油1号""渝西3号"，将15名中国船员扣押为人质。后"正鑫1号"货船出资人被迫交付赎金2500万泰铢，罗泽富、冉曙光、"正鑫1号"船长获释。三艘中国货船及船员被缅甸政府解救。

公诉机关认为，六被告人犯罪事实清楚，证据确实、充分，依法应当以故意杀人罪、运输毒品罪、绑架罪、劫持船只罪追究被告人糯康、桑康·乍萨、依莱的刑事责任，以故意杀人罪、绑架罪、劫持船只罪追究被告人扎西卡、扎波的刑事责任，以劫持船只罪追究被告人扎拖波的刑事责任。

昆明市中级人民法院依法受理此案后，严格依照法律规定，及时向各被告人送达了起诉书副本、刑事附带民事诉状及其译本。因各被告人未委托辩护律师、聘请翻译人员，昆明市中级人民法院依法为各被告人指定了辩护律师并聘请了翻译人员，向各被告人、被害人及被害人的近亲属告知了诉讼权利和义务，通知律师会见和查阅全案卷宗。被告人及其辩护人、被害人、附带民事诉讼原告人及其委托代理人、翻译人员到庭参加诉讼。 |

时间	事件回顾	详情摘要
2012 年 11 月 6 日	"10·5"案件一审宣判	昆明市中级人民法院进行一审公开宣判，以故意杀人罪、运输毒品罪、绑架罪、劫持船只罪数罪并罚，判处被告人糯康、桑康·乍萨、依莱死刑；以故意杀人罪、绑架罪、劫持船只罪数罪并罚，判处被告人扎西卡死刑；以故意杀人罪、绑架罪、劫持船只罪数罪并罚，判处被告人扎波死刑，缓期两年执行；以劫持船只罪判处被告人扎拖波有期徒刑八年；同时判决六被告人连带赔偿各附带民事诉讼原告人共计人民币六百万元。 宣判后，各被告人均当庭表示上诉。
2012 年 12 月 20 日	"10·5"案件二审开庭	云南省高级人民法院对湄公河中国船员遇害一案进行二审公开开庭审理。上诉人糯康及其委托辩护人，桑康·乍萨及其委托辩护人，依莱、扎西卡、扎波、扎拖波及其指定辩护人到庭参加诉讼，云南省人民检察院四名检察员出庭履行职务。
2012 年 12 月 26 日	"10·5"案件二审宣判	云南省高级人民法院进行二审宣判，裁定驳回上诉、维持原判，并根据《中华人民共和国刑事诉讼法》的规定，对糯康、桑康·乍萨、依莱、扎西卡的死刑裁定，依法报请中华人民共和国最高人民法院核准。
2013 年 3 月 1 日	糯康等四名罪犯被依法执行死刑	根据最高人民法院院长签发的执行死刑命令，云南省昆明市中级人民法院依法对糯康、桑康·乍萨、依莱、扎西卡四名湄公河案罪犯执行了死刑。

附录二 境内外媒体报道和
评论摘要

　　中国、老挝、缅甸和泰国高级官员星期一在北京举行湄公河流域安全会议，同意尽快查清本月早些时候发生的一起中国船员遭到虐杀的事件。

　　参加这次副总理级别安全会议的有中国国务委员兼公安部长孟建柱、老挝副总理兼国防部长当斋、缅甸内政部长哥哥和泰国副总理哥威。

　　10月5日，两艘中国货船在湄公河泰、缅、老三国交界处的"金三角"地区遭到袭击，13名船员被杀害。

　　四国联合声明还同意为应对湄公河流域安全出现的新形势，建立中老缅泰湄公河流域执法安全合作机制。一些观察家指出，随着中国在亚洲、非洲和世界其他地区活动的日益扩大，中国公民遭攻击、绑架和劫持的事件也在增加，这对中国当局来说成为一个敏感的问题，政府不能在需要保护自己国民的时候表现软弱。

　　——摘自英国广播公司网站2011年10月31日报道《中老缅泰同意加强湄公河安全合作》

来自中国、老挝、缅甸和泰国的高官昨天首次在北京举行湄公河流域执法安全合作会议。四国同意正式建立中老缅泰湄公河流域执法安全合作机制，开展巡逻执法，联合打击跨国犯罪，共同应对突发事件。

会议认为，近期湄公河流域的安全形势趋于严峻，过往商船遭遇非法武装人员抢劫、敲诈、枪击等事件时有发生，已严重威胁沿岸国家民众的生命财产安全，影响本地区的和平稳定。四国执法部门将通过联合办案、专项治理等方式，共同打击跨国犯罪特别是打击毒品犯罪团伙，尽快开展联合巡逻执法，争取在12月大湄公河次区域经济合作领导人会议召开之前湄公河恢复通航。

四国高官齐聚北京商讨如何联手侦破中国船员遇害案，并按照中国要求建立湄公河联合巡逻执法机制，这一方面表明中国在本区域有着重要影响力，另一方面也表明，在国内舆论压力下，中国政府必须采取实际行动，利用自身实力紧逼有关国家尽快破案，给中国民众一个交代。

——摘自新加坡《联合早报》2011年11月1日报道《中老缅泰建立湄公河执法合作机制》

湄公河船员遇害案激起了中国公众的愤怒，而中国公民在海外的人身安全也成为了一个敏感的话题。北京要求其邻国缉拿凶犯并加强河流两岸的安全。

中国在亚洲、非洲和世界其他地区的存在日益加强，使得针对中国人的攻击、劫持和绑架等犯罪行为越来越多，这也成为中国官员的一个敏感话题，因为他们不愿在保护本国公民问题上显得软弱。

——摘自路透社 2011 年 11 月 8 日报道《中国准备在湄公河武装巡逻》

中国对湄公河区域不受法律约束的反应是空前的。中国政府非常愤怒，暂停了湄公河通航直到安全局势改善。中国在湄公河流域三个邻国的部长被召集到北京紧急就此事进行紧急磋商。

惨案促使了湄公河流域安全力量的迅速增加。四国政府很快在 10 月 31 日签署了地区安全协议，承诺分享安全情报，并在从中国到"金三角"地区的湄公河流域进行联合巡逻。该协议还允许"采取特别行动铲除犯罪集团"。

——摘自英国《经济学家》周刊 2011 年 11 月 22 日报道《湄公河惨案：水上新警长》

在 13 名中国船员遇害后，中国和其东南亚邻国将在 12 月中旬开始在暴力不断的湄公河地区联合巡逻。中国、泰国、缅甸和老挝在最近在北京召开的会议上达成共识，共同组织和实施联合行动，解决危害湄公河两岸安全的重大公共安全问题，并表示联合行动"将基于每个国家各自的法定管辖权和对主权及平等的互相尊重"。

——摘自路透社 2011 年 12 月 1 日报道《中国和其东南亚邻国在金三角地区巡逻》

"10·5"惨案发生在情况复杂的"金三角"；犯罪嫌疑

人凶残又狡诈，且全是外国人；侦查、抓捕等工作受法律、语言等诸多因素制约。这样的破案环境，在中国公安史上还是第一次。历经10个多月艰苦卓绝的工作，中国公安机关不负重托、不辱使命，排除困难擒凶洗冤，赢得百姓的称赞和信任。

"10·5"惨案成功告破，让百姓再次强烈感受到了党和政府维护公民合法权益的决心和能力。随着我国改革开放的深入，我国公民到境外旅游、工作的越来越多，2011年内地居民出境达到7000万人次，与此相随的，是境外中国公民合法权益受到不法侵害的可能性越来越大，2011年有关部门处理各类领事保护案件达3万起。面对新形势，中国政府毫不含糊：不惜一切代价，坚决保护境外中国公民合法权益。

"10·5"惨案成功侦破，诠释了"合作就是资源、合作就是战斗力"的道理。2011年10月31日，中老缅泰湄公河流域执法安全合作机制建立，四国强化沟通合作，不但成功抓获糯康及其组织骨干成员，还给长期盘踞"金三角"地区的武装贩毒及其他犯罪集团以重创。不难看出，国际执法安全合作，是保护境外中国公民合法权益的有效途径。澜沧江—湄公河航运秩序正常了，沿途老百姓生活安宁了，执法安全合作机制也让中老缅泰四国都成了受益者。

"10·5"惨案的成功侦破，还让人们再次领略了忠诚可靠、敢打必胜的警察风骨。10个多月，6个专案工作小组奔波在国外，冒着生命危险，克服重重困难，锲而不舍，坚忍不拔，全力破案，以实际行动践行了"人民公安为人民"的庄严承诺，向党和人民交上了一份满意的答卷。

——摘自《人民日报》2012 年 9 月 18 日报道《擒凶洗冤显忠诚》

湄公河"10·5"惨案庭审结束的同一天，9 月 21 日，中缅老泰四国正式启动了湄公河流域第六次联合执法行动，以"联合查缉"的方式推动联合巡逻执法向打击跨国犯罪延伸。随着糯康集团的覆灭，笼罩在湄公河的阴霾彻底消散了吗？

澜沧江—湄公河流域地理社会环境极其复杂，流域内经济发展极不平衡，各通航缔约国的海事管理能力、管理手段、重视程度等差距巨大，这给湄公河国际航运下一步的发展带来较大阻碍。

"令人欣慰的是，随着湄公河航运发展的最大障碍——安全因素解决后，其他问题也得到了上级相关部门的重视。而随着中老缅泰四国合作的进一步深化和推进，这条连接中国和东南亚的'母亲河'的未来值得期待。"西双版纳海事局的专家告诉本报记者。

近日召开的云南旅游产业发展大会上，国家旅游局和云南省政府确定将推进大湄公河次区域无障碍旅游区作为下一步云南发展旅游的一项重要工作，湄公河将被打造成中国面向中南半岛的跨国跨境精品线路之一。而在建设面向西南开放的桥头堡的相关文件中，湄公河也被描述为我国迈向东南亚的重要水上通道。

西双版纳海事局介绍，下一步，将加大对澜沧江—湄公河航道、港口基础设施的投入，加大澜沧江—湄公河国际航运市场对外开放的力度，相关部门将研究制定相关的优惠政策，简化通关手续，进一步刺激水路运输市场。此外，有关部门将积极引导航运企业向多元化经营的方向发展，充分发挥水路运输优势，采取有效措施推进湄公河国际航运发展。

经历了寒冬之后，抽枝吐芽的湄公河面向的是充满阳光的春天。

——摘自《国际先驱导报》2012 年 9 月 28 日报道《湄公河阴霾彻底消散了吗?》

中国西南部一法院今日判处一名缅甸毒品走私犯及其团伙中的三名成员死刑，罪名是在湄公河上杀害了 13 名中国船员。此案标志着中国在其国境外的执法力量越来越强大。

中国官方媒体说，主要嫌疑人糯康去年在"金三角"地区杀害了中国船员。糯康于 5 月被老挝官员移交给中国。"金三角"地区以毒品走私出名，位于老挝、缅甸和泰国三国的交界处。

这是中国公民现代在海外遭遇的最血腥袭击之一。

惨案发生后，湄公河上的所有中国航运活动都暂停了，该案在中国引发极大愤怒。之后，中国派出了巡逻船，并加强了中老缅泰之间的安全合作。巡逻船被视为北京在地区安全中不断加强的作用的延伸，将其执法范围延伸到极具战略意义的航路，以及伸入东南亚地区。

——摘自路透社 2012 年 11 月 6 日报道《湄公河惨案主犯糯康一审获死刑》

中国将罪犯绳之以法并引渡回国，整个事件是中国力量在海外延伸的一个标志。

这标志着中国人在海外遭受欺负，并经常成为恶性犯罪的目标的时代已经过去。一名中国外交官为海外中国公民得到更好的保护而欢呼说，这是人民外交。

——摘自英国《经济学家》2012 年 11 月 12 日报道《中国法律的长臂》

随着糯康等四名罪犯伏法受诛，湄公河案尘埃落定。对糯康武装贩毒集团的公正审判和执行，既是正义的伸张、法律威严的彰显，也体现了中国司法机关捍卫本国公民生命财产安全的能力，体现了对跨国犯罪严惩不贷的坚强决心。

人们不会忘记，2011 年 10 月 5 日，两艘中国商贸船在湄公河"金三角"水域遭到劫持，13 名中国籍船员在湄公河泰国水域被枪杀，举国震惊，举世哗然，犯罪行为受到了国际社会普遍谴责。

为了加大打击跨国有组织犯罪的力度，中老缅泰四国共同发表了《关于湄公河流域执法安全合作的联合声明》。依据该联合声明，中、老、缅、泰四国警方在较短时间内查明了案件事实，及时抓获、移交犯罪嫌疑人，彻底摧毁了糯康犯罪集团。此后，相关四国在湄公河流域执法安全合作机制框架下建立了联合巡逻执法、共同应对突发事件等相互合作的长效机制，有效维护了湄公河流域航行安全秩序，切实保护了船舶、人员的安全。

依据中国和老挝、泰国双边刑事司法协助条约以及中国与缅甸警务合作机制和国际司法惯例，在相互尊重国家主权和平等互利的基础上，我国司法机关与老、缅、泰三国司法机关积极开展了多边、双边的刑事司法协作，有效完成了境外证据的调取和交换、移交在押人员、联合审讯、犯罪嫌疑人身份查询、司法文书送达等工作。特别是在法庭审理中，泰国与老挝应我国司法机关申请，派出13名警务人员、专家证人出庭作证，直接、客观地证实了糯康犯罪集团劫持中国船只、运输毒品、杀害中国公民的犯罪事实。

案件的成功侦破和审判，是中、老、缅、泰四国政治互信和司法互信的重要体现，也表明了我国司法文明的巨大进步。可以预见，由此释放的"正能量"必将与平安中国、法治中国愿景相辅相成，筑牢人民幸福安康、社会稳定和谐、国家长治久安的根基。

——摘自新华社2013年3月1日报道《湄公河案尘埃落定体现中国保护公民决心》

清迈大学东南亚事务中心研究主任保罗·钱伯斯说，抓获糯康，是中国的一次巨大胜利。"抓获糯康，向外界传递了一个讯息，那就是中国不会允许任何团体在湄公河区域惹是生非。"

——摘自美国《国际先驱论坛报》2013年4月7日报道《抓捕行动显示出中国的"长臂"》

大毒枭糯康的落网并在中国被处决，凸显了4国联合禁毒的成果。要彻底消除毒品，必须铲除其生存的土壤，发展替代种植已经被证明是路径之一。

毒品并不是靠一个国家的努力就能够根除的，消除毒品有赖于国际禁毒合作，尤其是地区合作。泰国目前查获的毒品绝大多数都由缅甸走私进入，而通过禁毒合作斩断这条毒品走私链条是泰国禁毒的优先选项。近年来，泰国同中国、缅甸、老挝等大湄公河次区域国家的禁毒合作不断深化，合作的形式包括情报共享、联合训练和装备合作等。

泰国毒品作物监察研究所主任差尼维卡蓬表示，毒品问题有着深刻的社会根源，单靠替代种植本身并不能一劳永逸地解决，还需要根除毒品赖以生存的社会环境和土壤。在缅甸掸邦，毒品、枪支、民族地方武装等问题相互交织，形成恶性循环。目前，缅甸政府正致力于同少数民族武装签署和平协议，中国也在积极推动缅北地区的和平谈判，这些都是积极迹象。相信通过加强国际合作，"金三角"一带的毒品顽疾最终将会得到根治。

——摘自《人民日报》2013年5月2日报道《"金三角"禁毒，有效更有挑战》

后　记

　　案件告破，凶手伏法，被害同胞在天之灵终于得到告慰，中国以坚强有力的行动，向世界发出了有决心、有能力护佑国民平安的强音。

　　由于机缘巧合，我有幸成为国内外唯一一名全程亲历报道此案的记者。从案情在国内曝光，到国家领导人率工作组亲赴云南；从四国执法安全合作会议召开，到湄公河联合执法巡逻首航；从专案组开展破案攻坚，到成功抓捕、移交嫌犯；从真相水落石出，到糯康等人在昆明受审……每一重要环节，我均亲身见证并进行了报道，采写的新闻稿件超过110篇。

　　回顾这起侦办难度空前、历史意义重大的案件，上述可遇而不可求的经历，无论是在新闻报道方面，还是在人生阅历方面，都带给我许多收获和感动。正因如此，一个愿望一直在驱使着我：把这段足以载入共和国档案的历史尽可能详实地记录下来。

　　从新闻报道转向此书的写作，需要收集汇总大量的资料和图片，需要多方核实确认，非我一人力所能及。在此过程中，我得到了孙力军、刘跃进、刘家伟、郭林、盖金东等公安部领导的大力支持，得到了张宿堂等本单位领导的鼓励和指导，得到了陈菲、史竞男、袁满、王中、万象、黎藜等同事和赵飞、郝帆等人民公安报兄长挚友的无私帮助。对此，我一并表示衷心的感谢！

　　采访写作中，我还留有一段内容，起初想放在正文部分，但怕深埋文中凸显不足，所以特意留在了后记之中：

　　长达10个多月的时间里，专案组组长刘跃进一直坚守一线，亲人就在昆明去世，咫尺之遥却不能去参加葬礼，成为他心中永远的痛；深入虎穴的李波、林惠煌，曾与全副武装的糯康擦肩而过，与死亡擦肩而过；远赴异国的于海斌、赵秉锋，因保密需要与家人中断联系长达大半年；负责审讯的张润生，用110万字的笔录为审判备下如山的铁证；三人情报小组成员之一的柯占军押送嫌犯回国后，在办理另一起案件时不幸牺牲，年仅30岁……什么是英雄？英雄不是不食人间烟火、高不可攀的圣人，英雄就在我们身边。

　　向英勇无畏的专案组致敬，向中国人民致敬，向共和国致敬！

邹　伟

2013年10月于北京

组　　稿：阮宏波

责任编辑：刘敬文

版式设计：胡欣欣

图书在版编目（CIP）数据

洗冤伏枭录：湄公河"10·5"血案全纪实／邹伟　著．
　－北京：人民出版社，2013.12
ISBN 978－7－01－012914－3

I. ①洗…　Ⅱ. ①邹…　Ⅲ. ①纪实文学－中国－当代　Ⅳ. ① I25

中国版本图书馆 CIP 数据核字（2013）第 287262 号

洗冤伏枭录

XIYUAN FUXIAO LU

——湄公河"10·5"血案全纪实

邹　伟　著

人民出版社 出版发行

（100706　北京市东城区隆福寺街 99 号）

北京中科印刷有限公司印刷　新华书店经销

2013 年 12 月第 1 版　2013 年 12 月北京第 1 次印刷

开本：710 毫米 ×1000 毫米 1/16　印张：14.75

字数：147 千字　印数：0,001－8,000 册

ISBN 978－7－01－012914－3　定价：39.9 元

邮购地址 100706　北京市东城区隆福寺街 99 号

人民东方图书销售中心　电话（010）65250042　65289539